AF130110

Simone Dark, Jahrgang 1982, ist in der Nähe von Freiburg aufgewachsen, studierte Italienisch und Französisch im Raum Mainz. Seit 2008 lebt sie in Südtirol und verdient ihre Brötchen mit dem Übersetzen. Sie bezeichnet sich selbst als buchstabensüchtig – sowohl im Beruf als auch in der Freizeit. Ihr Debüt „Das zweite Leben" zeigt uns unmissverständlich: Für die große Liebe ist es nie zu spät, genießt sie, falls Ihr sie findet!

Simone Dark

Das zweite Leben

Roman

BoD – Books on Demand, Norderstedt

Bibliografische Information der Deutschen Nationalbibliothek. Die Deutsche Nationalbibliothek verzeichnet diese Publikation in der Deutschen Nationalbibliographie, detaillierte bibliografische Daten sind im Internet über http://dnb.dnb.de abrufbar.

Herstellung und Verlag:

BoD – Books on Demand, Norderstedt

ISBN: 9 783 738 600 766

Simone Dark – Das zweite Leben

I

Es ist alles geplant. Bis ins letzte Detail. Seit Monaten. Nun sitze ich neben ihm im Auto und lasse mein altes Leben hinter mir. Zumindest für drei Tage. Die Landschaft rennt an uns vorbei, als wir mit hundertneunzig Sachen über die Autobahn Richtung Süden brettern, er beschleunigt und mich in den Vordersitz drückt. Heftiges Kribbeln erfasst mich. Ich denke zurück an den Abend vor seinem Geburtstag, als er mich im fahlen Licht der Laterne, im Auto sitzend, leise gefragt hat: „Wann hauen wir ab?". Es war keine wirkliche Frage, es war vielmehr eine Aufforderung, die kein Nein akzeptiert hätte. „Jetzt!" war meine Antwort und ich meinte sie ernst.

Das war vor fünf Monaten. Ich sehe ihn von der Seite an. Er ist konzentriert, bemerkt aber meinen Blick und grinst. Sieht mich an, sagt: „Jetzt hab ich dich.", nimmt meine Hand und drückt sie. „Ja du Schwerverbrecher", antworte ich, „Schau nur zu, dass sie mich dir nicht mehr wegnehmen!"

Ich bin glücklich. Anders kann ich es wirklich nicht beschreiben. Das Leben rockt. Mein Blut kocht und ich fühle mich ähnlich aufgeregt wie vor dem allerersten Kuss. Ich drehe die Musik lauter, öffne das Fenster und kann nicht anders, ich muss das Glück herausschreien. Er lacht über mich und bezeichnet mich als eine arme Irre, nein, als eine verliebte Irre. Jetzt endlich ist alles egal, ich darf sein wie ich bin, muss mich nicht mehr verstecken, muss meine Gefühle für ihn nicht mehr unterdrücken, kann mich entspannen und darf die Frau an seiner Seite sein.

Nach zwei Stunden Fahrt und viel Gelächter kommen wir am Hotel an. Es liegt am See. Wir checken ein, gehen auf unser Zimmer, ich habe gerade die Tür geschlossen und den Koffer abgestellt, da drückt er mich an die Wand. Er küsst mich so heftig und leidenschaftlich, dass mir die Luft wegbleibt. „Wir haben es geschafft, mein Schatz, endlich...". Ich schaffe es nicht, ihm zu antworten. Ich weine bereits. Ich bin völlig überwältigt von all diesen Gefühlen, viel zu aufgeregt um noch einen klaren Gedanken zu fassen, der Tatsache, dass ich endlich viele Stunden, Nächte mit dem Mann verbringen darf, den ich wirklich liebe, und den ich bisher immer teilen und vor andern verstecken musste. Ein wenig irritiert über meinen plötzlichen Gefühlsausbruch führt er mich zum Bett, versucht, mich zu beruhigen, streichelt mich, redet mit leiser Stimme auf mich ein. Ich liege in seinen Armen, seine Hand unter meinem Kinn und er küsst sanft meine erhitzten Wangen, meine Stirn, meinen Mund. Er streichelt mich mit sanften Fingern und langsam kriege ich mich wieder ein. Unendlich zärtlich legt er seine Hand auf meinen Bauch, streichelt und massiert meinen Unterleib. Langsam wandern seine Finger zum Hosenbund, öffnet Knopf und Reißverschluss und schiebt die Finger hinein. Ich reagiere sofort, mir wird heiß und zwischen den Beinen wird es feucht. Er hält mich weiter fest, ich suche seinen Mund und küsse ihn innig, als seine Finger mich berühren, reiben und in mich eindringen. „Bitte... bitte lass mich kommen..." flehe ich ihn an, ich suche Halt in seinen Armen, „Ja mein Schatz, gleich, nur ein wenig Geduld..." flüstert er und befriedigt mich gnadenlos. Ich bäume mich auf, mit einem leisen Schrei und seinem Namen auf den Lippen komme ich. Der Cocktail aus Angst, Aufregung, Orgasmus und Glück benebelt mich dermaßen, dass ich nicht einmal bemerke, wie er sich auszieht und sich nackt auf mich legt. Er sieht mir in die Augen, während er langsam in mich eindringt, ich denke einen Augenblick zurück an den berühmten 20. Dezember, als wir uns so intensiv und zärtlich in dem kalten Proberaum geliebt haben. Der Abend hatte alles andere in den Schatten gestellt und tagelang hatte ich nur noch seinen Blick, seinen Körper, seine Zärtlichkeit vor Augen.

So ist es auch jetzt. Wir lieben uns langsam, kosten den Körper des anderen, riechen und schmecken uns, seine Lippen suchen immer wieder die meinen, unsere Hände geben sich gegenseitig Halt. Wir wühlen uns durch die weichen, weißen Decken und Kissen, verlieren uns, spielen wie kleine Kinder, necken uns, lachen, sind verrückt und dann wieder todernst. Er dreht mich auf den Bauch und streichelt sanft meinen Nacken und Rücken. Seine Hände jagen mir Schauer über den Körper. Er legt sich erneut auf mich, nimmt meine Hände und hält sie sanft über meinem Kopf fest. Dann nimmt er mich noch einmal, dieses Mal mit mehr Bestimmtheit, ich kann mich unter seinem Körper kaum bewegen, als er immer wieder zustößt. Er raunt mir ins Ohr, ich sei seine Liebe, die, die er immer gesucht habe, und dass ich nur ihm gehöre. Dass er mich nie wieder gehen lassen werde, dass wir nicht mehr nach Hause zurückkehren werden, dass wir gemeinsam abhauen werden, dass wir... den Rest verstehe ich nicht mehr, weil mich ein zweiter Orgasmus schüttelt. Auch er kommt, er stöhnt, und sein Herz schlägt so stark, dass ich es auf meinem Rücken spüre.

Ich muss eingeschlafen sein. Weiß Gott, wie lange ich geschlafen habe, es ist bereits Abend, als er mich mit einem Kuss auf die Schläfe weckt. Schlaftrunken blinzle ich ihn an. „Aufstehen, Langschläferin. Ich hab Hunger!" Essen klingt gut...

fast zur Bestätigung knurrt im selben Moment mein Magen. Ich ziehe mich an und wir verlassen das Hotel, spazieren am See entlang, Hand in Hand, dann Arm in Arm. Zielstrebig führt er mich in eine kleine Gasse, noch ein paar Ecken weiter, eine steile Treppe hinauf. Wir werden hineingebeten, er begrüßt den Kellner mit Handschlag, als kenne er ihn seit Jahren. Er begleitet uns auf die Dachterrasse, nur Kerzenlicht und der sternenbedeckte Abendhimmel erhellen das Szenario. Wow. Und ich hatte gerademal mit einer Pizza gerechnet... da hatte ich seine Planung wohl sehr unterschätzt, als er von einem gemütlichen Essen am ersten Abend sprach.

Es schmeckt köstlich. Die Vorspeise, der erste und zweite Gang, alles perfekt aufeinander abgestimmt. Der Wein ist leicht und kühl, doch ich habe schon nach zwei Schlucken einen Schwips und lasse lieber die Finger davon. Wir stoßen auf uns und unsere Flucht an. Kurz vor dem Nachtisch nimmt er sein Handy und tut genau das, was ich nie zu Hoffen gewagt hätte. Ich traue meinen Ohren nicht, als er sie tatsächlich am Telefon verlässt. Mein Herz klopft mir bis zum Hals, als ich ihr Heulen am anderen Ende der Leitung höre und er nach ein paar Minuten das Gespräch beendet und aufgelegt. Ich starre ihn an. Bin sprachlos. „Ich bin jetzt frei. Frei für dich." Er verzieht keine Miene. Er sieht mir in die Augen und hält mir das Telefon hin. „Willst du dasselbe tun? Es ist deine Entscheidung. Aber wenn, dann tu es jetzt. Hier kann er dich zumindest nicht umbringen." Ein Anflug von einem Lächeln, dann ist er wieder ernst. Wie in Trance nehme ich mein eigenes Telefon und wähle die Nummer. Sehe ihm dabei in die Augen. Sie leuchten. Ich schlucke die Angst herunter, als er abnimmt. Dann rutscht es aus mir heraus. Ich erkläre ihm alles. Mein komisches Verhalten in den letzten Monaten, die Lügen, meine Flucht. Ich entschuldige mich nicht dafür. Das letzte was ich höre, ist ein Fluchen. Dann fliegt mir das Handy aus der Hand. Ich schwitze und zittere. Ich hebe das Handy auf, stelle es aus und zerstöre die Sim-Karte. All das geschieht, ohne dass ich es wirklich wahrnehme. Tränen laufen mir über die Wangen, als er aufsteht, um den Tisch herumgeht und mich an sich zieht. „Ist ja schon gut... alles wird gut, hab keine Angst... jetzt können wir endlich zusammen sein... so wie wir es immer wollten..." Er streichelt mich und gibt mir sein Taschentuch, trocknet die vielen, angestauten Tränen. Ich bin fertig mit den Nerven und möchte mich verkriechen. Lange bleiben wir auf dem Dach stehen, schweigend, immer wieder die Nähe des anderen suchend. Wir versprechen uns die Welt, die uns in diesem Moment zu Füßen liegt. Reden von unserem neuen Leben, das

6

wir gemeinsam verbringen werden. Ich sage ihm all das, was er noch nicht von mir wusste. Es soll ein Neuanfang ohne Lügen sein. Er spricht über sich, warnt mich im Spaße vor seinen Macken, erzählt von seiner Familie, seinem Sohn, und seiner Vergangenheit. Wir stellen uns ein bisschen ängstlich vor, wie wir es schonend unseren Familien beibringen werden. Sie werden es verstehen, irgendwann.

Die nächsten Tage verbringen wir zwischen Essen, kurzen Spaziergängen am See und im Bett. Wir lieben uns immer und immer wieder und nehmen uns die Zeit, dem anderen zuzuhören, reden über unsere Vorstellungen und Ängste, erreichen eine Vertrautheit, die alles bisher Dagewesene übertrifft. Wir werden zu einer Seele. Ich habe keine Angst, ihn zu enttäuschen oder ein falsches Wort zu benutzen, ich habe keine Angst mehr davor, dass er mich verlassen könnte. Wir erkunden uns, verstehen und genießen uns.

So gerne würde ich ihm für all das danken, was er in diesen Tagen und Monaten für mich getan hat. Für diese großen Schritte, dafür, dass er sich für mich befreit hat. Dafür, dass er mich vor eine Wahl gestellt hat, die ich schon längst hätte treffen sollen. Ich weiß, ich stehe nicht in seiner Schuld. Es war eine gemeinsame Entscheidung, die uns leichter gefallen ist, als wir gedacht hatten. Ich will ihm für seine bedingungslose Liebe, seine Kraft, das alles mit mir durchzustehen, danken. Dafür, dass er immer da war und an uns geglaubt hat, bis die Träume endlich wahr wurden. Dafür, dass er nicht lockergelassen hat. Für seinen ersten Kuss in dem Restaurant, dass es nicht mehr gibt. Für die vielen kleinen, wunderschönen Augenblicke, die Worte, sein Flüstern, die Blicke aus seinen braunen, warmen Augen, für die intimsten Momente, für den Spaß den wir hatten, die abgrundtiefe Gespräche, die mir eine neue Welt gezeigt und ein neues Leben geschenkt haben.

II

„... Gut, dann sehen wir uns am Wochenende. Ich hab euch lieb... Macht's gut." Puh, es ist raus. Meine Eltern wissen Bescheid. Und sie freuen sich. Sie freuen sich für mich, für uns, sie schienen fast erleichtert. Nie zuvor hatten sie mir gesagt, was sie von meinem Exmann hielten. Haben ihn nie kritisiert, doch jetzt, wo ich nicht mehr bei ihm bin, haben sie mir endlich ihre Meinung zu unserer kaputten Ehe gestanden. Doch dies ist nun passé. Vergangenheit ade, Zukunft, wir sind bereit! Ich gehe auf ihn zu und blicke in zwei skeptische braune Augen. „Was haben sie gesagt?" „Sie wollen dich kennenlernen...", antworte ich und küsse ihn sanft auf den Mund. „Oh Gott... jetzt schon?" „Schatz wir haben das halbe Leben ohne einander verbringen müssen, jetzt wird es Zeit, oder nicht?" „Ja sicher, hast recht, Augen zu und durch!"

Seit Mai, als wir so völlig spontan unsere damaligen Partner per Telefon verlassen haben, habe ich auf diesen Moment gewartet. Die Trennung war nicht einfach, aber sie ist auf beiden Seiten irgendwie über die Bühne gegangen. Ich habe meinen Mädchennamen wieder angenommen, die Ringe sind verkauft und das Geld dafür liegt auf meinem Konto.

Ich wollte sie nicht behalten, ich brauchte keine Andenken an schlechte vergangene Zeiten. Ich habe mein altes Leben gründlich ausgemistet und nur das Nötigste und Schönste davon mitgenommen. Ohne den Überfluss an Erinnerungen fühle ich mich unbeschwert und kann das Neue genießen. Ich sehe alles in einem neuen Licht. Purer, intensiver und so ganz ohne Vorschriften. Wir tun, was uns glücklich macht.

Nach fünf Stunden Fahrt kommen wir mit platten Hintern auf dem Parkplatz neben dem Haus meiner Eltern an. Ich schreie vor Freude leise auf, als ich zwei weitere Autos in der Einfahrt stehen sehe. Meine Geschwister sind ebenfalls angereist. „Was ist los?", fragt er mich während er parkt. „Ähm... das sind die Autos meiner Geschwister... ich wusste nicht dass sie kommen... sorry...". Na das kann ja heiter werden.

Die Haustür wird geöffnet und in der Einfahrt versammelt sich eine kleine Menschentraube. Meine Eltern, Anna, ihr Mann Stefan, Alex, seine Frau Christina und fünf kleine Kinder, aufgereiht wie die Orgelpfeifen, betrachten uns neugierig, als wir aus dem Auto steigen und ihnen entgegenkommen. Ich hole tief Luft und falle meinem Vater in die Arme. Er flüstert mir ins Ohr: „Geht's dir jetzt besser?" Ich nicke und bin schon fast den Tränen nahe. Meine Mutter drückt mich fest und küsst mich. „Ok, so, darf ich vorstellen: Chris. Mein bester Freund und Liebe meines Lebens." Sie lachen und sehen glücklich aus. Sie umarmen sich, geben sich die Hand. In diesem Moment geht mein Traum in Erfüllung.

Wir dürfen mein altes Kinderzimmer beziehen. „Und, wie fühlst du dich?", fragt er und nimmt mich liebevoll in den Arm. „Ich bin so glücklich wie selten zuvor. Wirklich, allein wie sie dich begrüßt haben… ich hatte Angst davor, dass sie mich wegen der ganzen Sache verurteilen würden. Weißt du, Scheidungen stehen bei uns nicht gerade hoch im Kurs. Ich kann mich nicht mal an eine in der Familie erinnern." „Ja, aber ich denke das Glück ihrer Tochter ist wichtiger als die Unterschrift auf der Heiratsurkunde, oder?" Ich nicke. „Und wie geht es dir?" „Gut, wirklich gut. Sie sind wie du: sie lachen ständig und sind sehr herzlich. Das macht es einfacher. Ich fühle mich sehr willkommen." „Das bist du. Und du wirst sehen wie herzlich sie erst nach ein paar Gläsern Wein sein werden!" „Haha, oh Gott, dann sollte ich wohl mit saufen um das auszuhalten." „Ja, genau, trink dir deine neue Familie schön!" „Das hast du schön gesagt." „Was denn?", frage ich. „Das mit meiner neuen Familie. Und gleich so eine große!"

Wenig später werden wir zum Essen gerufen. Es ist Ende August, die heißeste Zeit in der Gegend. Wir essen im Garten, meine Mutter hat aufgetischt, als gäbe es kein Morgen. Immer, wenn Besuch kommt, übertrifft sie sich selbst und kocht nicht für zwölf, sondern für vierzig. Nun, zufriedene und satte Mienen danken es ihr. Wir sitzen lange zusammen und natürlich bleiben die Fragen nicht aus. Wie wir uns kennengelernt haben, wo wir jetzt leben, wann wir uns entschieden hatten, wirklich zusammen sein zu wollen. Ich entscheide mich bei jeder Frage für die Wahrheit. Gelogen habe ich oft genug, manchmal aus Egoismus, manchmal, weil ich es musste. Nun bin ich grundehrlich und es fühlt sich gut an. Wir erzählen ihnen, dass wir uns heimlich trafen, dass wir uns eines Abends sogar zum Kino verabredet hatten und während des gesamten Films Händchen hielten, ohne dass meine Freundin es mitbekam. Meine Schwägerin grinst mich an und ist beeindruckt, wie geschickt wir uns in all diesen Monaten angestellt hatten. Wir erzählen ihnen von unserer Flucht, die am Ende zu zwei Scheidungen geführt hat. Ich erzähle ihnen von diesem Tag im Oktober, als Chris in mein Büro gekommen war und ich aus einer spontanen Laune diese E-Mail schickte, die mein Leben verändern sollte. Ich wollte nur einen Kaffee mit ihm trinken, dann folgte ein Mittagessen, dann der erste Kuss. Ich erzähle ihnen, wie wir alle Welt belogen hatten, um den Abend der Weihnachtsfeier miteinander verbringen zu können. Er erzählt von seinem kleinen Sohn, den ich inzwischen kennengelernt habe und den ich vom ersten Moment an ins Herz geschlossen habe. Mein Vater, der sonst so still war, fragt direkt heraus: „Wieso habt ihr uns eigentlich nicht von Anfang an gesagt, was los war? Glaubt ihr denn, ich hätte es nicht seit Weihnachten gemerkt, dass da was nicht stimmt? Ich hatte meine Tochter nie so verliebt und abwesend erlebt." Und der alte Mann hat nie etwas gesagt. Wie sehr ich meinen Vater liebe. So schlau, so diskret. So anwesend und gleichzeitig zurückhaltend. Wir erzählen ihnen von unserem ersten Streit. Wie schlecht es uns im Januar ging, als ich im von einer verflossenen Liebe erzählt hatte und über Nacht der viele Schnee und die Angst kamen. Wie ich am nächsten Tag unter einer Sehnsucht litt, die mich beinahe umgebracht hätte. Wie ich abends um sechs den Zug nahm um zu ihm zu fahren und eine geschlagene Stunde vor seiner Tür kauerte, ohne den Mut zu finden, an seiner Tür zu klingeln. Meine Schwester sieht mich mit feuchten Augen an und streichelt mir zärtlich über die Wange. Als ich davon berichte, wie er mich hineinließ und nicht nur meine Füße sondern auch meine Seele wärmte, berührt sie seinen Arm und lächelt. Sie ist sprachlos und hingerissen. Alex prostet uns zu. „Ich sehe schon, Ihr habt euch gefunden. Schade, dass du ihn uns nicht vorher vorgestellt hast, Schwesterherz. Ich wünsch euch alles Gute. Wirklich, das passt ja wie die Faust aufs Auge."

Nach diesen treffenden Worten steht mein Vater auf und schickt die Familie ins Bett. Wie vor langer Zeit. Als alle den Weg ins Bett antreten, halte ich ihn fest. „Bleib hier. Bitte. Wir machen noch einen Spaziergang." „Wohin willst du nachts um eins?" „Die Nachbarn haben ein Schwimmbad.", erkläre ich grinsend. „Du willst doch nicht…" „Doch…" Ich lächle verschmitzt.

Mit zwei Handtüchern bewaffnet schleichen wir uns davon. Zwei Straßen weiter wohnen Freunde meiner Eltern, großer Garten, kleines Schwimmbad, in dem man gemütlich sitzen kann. Das Tor ist niedrig und steht wie immer offen. Wir ziehen uns aus, und nackt wie Gott uns schuf steigen wir im Dunkeln in das angenehm kühle Wasser. Mit langsamen Zügen schwimme ich auf ihn zu, kein Licht weit und breit, nur das fahle Licht des Halbmondes lässt mich sein Gesicht erahnen. Er berührt meinen Körper, zieht mich an sich und ich spüre die warme Brust, seinen Herzschlag, sein Geschlecht an meinen Schenkeln. Mit seinen nassen Händen fährt er mir durch das Haar

14

und zieht meinen Kopf ein wenig nach hinten um dann meinen Hals sanft zu küssen. Mich erfasst die Lust, die ich nur mit ihm je empfunden habe. Hitze im ganzen Körper und eine Begierde, die nur er zu stillen weiß. Er drängt mich an den Beckenrand und schiebt meine Beine auseinander. Mit Hilfe seiner Hände dringt er langsam und vorsichtig in mich ein, das Wasser schwappt an uns hoch. Er küsst mich mit nassen Lippen und heißer Zunge. Ich umarme ihn und ziehe die Beine hoch, er trägt mich bis zum niedrigen Teil des Beckens und noch immer vereinigt setzten wir uns. Er umfasst mein Becken und unter vielen leidenschaftlichen Küssen lieben wir uns stumm inmitten dieser ungewöhnlichen Sommernacht.

III

Ich schrecke aus dem Tiefschlaf. Was für ein Traum. Mit halbgeschlossenen Augen sehe ich auf meine Uhr. Halb vier nachts. Ich bin nassgeschwitzt. Ich drehe mich zu ihm und kann im Dunkeln erkennen, dass er wach ist. „Hey…schlecht geträumt?" fragt er mit seiner tiefen leisen Stimme, die mir jedes Mal einen wohligen Schauer über den Rücken jagt. Er streicht mir über die Wange und die Haare. „Mmh… so schlecht war der Traum gar nicht…" „So..?" „Wir waren unten am Strand… erst spazieren… dann haben wir uns geküsst…" „Aha, und dann…?" Seine Hände tasten bereits nach meinem Hals und ich spüre seine Lippen an meinen Ohren, inzwischen kennt er die empfindlichen Stellen alle. Ich kichere, als er mit der Zunge an meinem Ohr spielt. „Los komm erzähl, was ist dann passiert?", flüstert er eindringlich und hält mich fest, als ich mich winde. „Wir haben uns in den nassen Sand gelegt und du hast mir das Oberteil vom Bikini abgenommen und mich auf deinen Schoß gesetzt und an meinen Brüsten gesaugt." „Aha, etwa so?" Er verschwindet unter dem leichten Leintuch, und beginnt erst leicht, dann immer kräftiger an meinen Brustwarzen zu saugen. „…Ja, und dann hast du gesagt, ich solle mich hinlegen und ich dürfe mich nicht bewegen… und hast deine Zunge in mich reingeschoben…" Weiter komme ich nicht, ich spüre bereits seine Finger, die mich öffnen und seine Zunge, die sanft in mich eindringt. „Erzähl weiter…", befiehlt er mir, während er mich fast verrückt macht. „Dann…" keuche ich „Ja?" „Dann hast du dich vor mich gekniet und hast mich hart genommen und ich bin sofort gekommen… ich hab geflüstert, dass ich dich liebe aber du hast mich nicht gehört… und hast mich nur angesehen… und weiter gestoßen…" „Etwa so?" Er setzt sich auf, spreizt meine Schenkel und mit einem Ruck ist er in mir drin. Ich bäume mich auf. „Los schrei es raus, schrei wie sehr du mich liebst!" Er ist so ernst, dass es mir beinahe Angst macht. „Ich liebe dich." Doch es kommt nur ein Flüstern zustande. „Du sollst es laut sagen! Los komm!" Er hält kurz still und wartet. „Ich liebe dich!!" sage ich heiser. Er stößt noch einmal zu. „War das schon alles?" So langsam werde ich wütend. „Ja, verdammt, ich liebe dich!!" Ich umfasse seinen Hintern und bestimme den Rhythmus, ich küsse ihn, drehe mich auf ihn und reite ihn bis er lachend um Gnade bittet und unter einer Salve von Schimpfworten kommt.

Als wir unseren Balztanz beendet haben und ziemlich ausgelaugt auf den zerwühlten Laken liegen, geht bereits die Sonne über dem Meer auf. Griechenland. Unser erster gemeinsamer Urlaub.

Meine Eltern haben uns hierher geschickt, nachdem wir unsere gesamte Geschichte gebeichtet hatten. Sie sagten, wenn ihr euer Leben schon von vorne beginnen müsst, dann richtig. Und so haben wir vorgestern das Flugzeug genommen und sind in die Stadt am Meer gezogen, in der ich angeblich vor knapp zweiunddreißig Jahren gezeugt wurde.

„Frühstück?" „Es ist noch nicht mal sieben..." grummle ich und drehe mich auf die andere Seite. „Los komm, ich will ans Meer!" „Wenn mir jemand vorher gesagt hätte dass du so stressig bist..." „Was dann?" „Dann hätte ich getrennte Zimmer genommen!" „Jaja und dann jeden Abend die Frage: Gehen wir zu mir oder zu dir?" „Wer will dich denn schon jeden Abend?" „Aah, nicht um sieben aufstehen wollen aber schon frech sein, so ist es recht..."

Das Hotel ist gigantisch. Direkt am Meer, ein Pool mit Bar und Liegestühlen, innen Fitnesscenter und Sauna, die Betten sind enorm und die Duschen haben alle möglichen Funktionen unter denen man alle möglichen Dinge anstellen kann. Noch ist es angenehm kühl, wir setzen uns auf die Terrasse und genießen ein ausgedehntes Frühstück. Ich sehe ihn an und denke an die vergangenen Monate zurück. Ich bin so froh, so glücklich mit ihm. Es geht mir gut, seine Nähe ist alles was ich will. Einfach waren die ersten

Zeiten nicht, ich wurde von schlechten Gewissen geplagt, vor allem meinem Exmann und seiner Familie gegenüber. Ich hatte große Angst vor der Reaktion meiner eigenen Familie, die es im Endeffekt mit einer Leichtigkeit hingenommen haben, die ich mir nie erwartet hätte.

Er holt mich zurück in die Gegenwart. „Woran denkst du denn schon wieder?" „Ach nix... an die letzten Monate." „Nicht zu viel drüber nachdenken... bist du glücklich?" Ich lächle ihn an. Er hat ja keine Vorstellung wie sehr. „Wie wär's mit einem Ausflug?" fragt er mich, als wir mit vollen Bäuchen das Fressterrain verlassen. „Wo soll's denn hingehen?" „Sie vermieten kleine Boote, mit denen man bis zur nächsten Insel fahren kann." „Und was willst du dort, angeln?" „Ja mal schauen, ob du mir an den Haken gehst!" „Tja dann pack doch mal deinen Köder aus!" „Schon wieder? Du kleine Nymphomanin..."

Wir packen ein paar Sachen zusammen, wandeln zum Hafen und halten nach den Motorbooten Ausschau. Ein freundlicher, älterer Grieche fährt uns eine halbe Stunde an der Küste entlang bis zur nächsten kleinen Insel und wir machen einen Uhrzeit aus, an der wir uns abends an dem kleinen Hafen wieder einfinden sollen. Zu Fuß gehen wir ins nahegelegene Stadtzentrum und bestaunen als ordentliche Touristen allerlei altes Gerümpel aus vermutlich vorchristlicher Zeit. Immer wieder merke ich, wie gelassen ich jetzt alles nehmen kann, jetzt wo ich an seiner Seite bin, und auch mein kleines Geheimnis, das ich ihm heute beim Abendessen erzählen werde, macht mich nicht weiter verrückt. Ich hoffe nur, dass er sich freut.

Wir drehen Runde um Runde, so langsam werde ich müde. Die Hitze macht mir zu schaffen und ich möchte mich hinlegen. Wir machen also kehrt und trödeln an den Strand, wir kleiden uns angemessen in Bikini und Badehose und schlafen unter dem nächsten Olivenbaum ein. Dumm nur, dass wir keinen Wecker gestellt haben, um acht Uhr hätten wir am Hafen stehen sollen um zum Hotel zurückzukehren, inzwischen ist es nach halb neun. Ich bin stinksauer, er lacht. „Hey ist doch wurscht, schlafen wir halt hier und fahren morgen zurück!" Das bisschen Geld reicht aber nicht für eine weitere Nacht in einem anderen Hotel, sondern gerade mal für ein Abendessen und eine Nacht unter freiem Himmel. Und eine Rückfahrt am nächsten Morgen. Nun denn… wir suchen uns also in Ruhe ein kleines Restaurant in einer Seitengasse. Das Menü ist unaussprechlich und das Essen herrlich. Gut gewürzter Fisch, Gemüse soweit das Auge reicht und leckerster Nachtisch. „Du hast aber Appetit…", meint er und betrachtet stutzig meine leeren Teller. Ich glaube, ich bin ihm eine Erklärung für meine Fressanfälle schuldig. Doch wie soll ich es ihm sagen? Wir sind doch erst so kurz zusammen. Plötzlich bekomme ich Angst. Ich kaue auf meiner Unterlippe herum und meide seinen Blick. „Was ist denn? Stimmt was nicht?" „Nein nein, alles ok." Ich lächle mit feuchten Augen. Ich habe einen Kloß im Hals und alles Schlucken und Trinken hilft nichts, die Tränen kommen doch. Mitten im Restaurant und den fröhlichen, angeheiterten Gästen. Er nimmt meine Hand. „Um Himmels willen, was hast du denn? Hast du es dir anders überlegt? Hey wir können über alles reden... komm her..." Er zieht mich an sich, küsst mich zärtlich auf den Mund und wischt die Tränen weg. „Ich muss dir was sagen..." schniefe ich. „Ja dann spuck's halt aus..." „Ich... wir..." „Ja?", fragt er und grinst. Nein, er strahlt. Nie habe ich einen so glücklichen Menschen gesehen. Er hat sofort verstanden. „Seit wann?" „Seit wir bei mir zu Hause waren... im Schwimmbad..." Er nimmt mich in den Arm, küsst mich übers ganze Gesicht, das es nur so schmatzt. Er drückt mich und legt vorsichtig seine Hand auf meinen Bauch. Ich lache, ich kann nicht anders, die Tränen versiegen sofort, wir küssen uns innig mitten im Restaurant. Die Leute am Nebentisch sehen uns neugierig ob so vieler Gefühle beim Abendessen an. Ich deute einen runden

Bauch an und sie lachen. Sie prosten uns zu, wir zahlen mit dem nahezu letzten Geld unsere Zeche und räumen das Feld.

Wieder am Strand legen wir unsere Handtücher in den weichen Sand. Es ist bereits dunkel, doch die Wärme ist geblieben. Ich lege mich mit dem Kopf auf seinen Schoß. Aus einer kleinen Bar nebenan erklingt chilliges Gitarrengeklampfe, fast wie Joe Strummer. Ich entspanne mich, bin müde. Er hingegen ist so aufgedreht von den Neuigkeiten, steht auf und zieht mich hoch. „Los, wir trinken noch was. Es ist noch so früh. Hier draußen fressen uns nur die Möwen." Ich stehe mit schweren Beinen auf, wir gehen in das Lokal und nehmen auf der Terrasse Platz. Hier ist niemand. Nur zwei Lampions und viele tropfende Kerzen auf den Tischen. Ich bekomme Lust zu tanzen. Ich stehe auf und sehe ihn intensiv an, als er an seinem Wein nippt. Er sagt nichts, folgt meinem Blick aufmerksam. Ich entledige mich meiner Sandalen und lasse sie unter den Tisch fliegen. Ich nähere mich ihm langsam, er steht auf. Eine Schritt auf ihn zu, und langsam tanzen wir mit erotischen Bewegungen zu der Musik. Er führt gut, mit der Hand in meinem Rücken, wirbelt mich vorsichtig herum und hält mich von hinten. Unsere Becken bewegen sich in gefährlicher Nähe, sein Arm hält mich unter der Brust, ich spüre seinen heißen Atem im Nacken, er zieht vorsichtig meinen Kopf nach hinten und küsst mich fordernd. Mir wird heiß, und das liegt nicht nur an den karibischen Temperaturen. Ein Biss in den Nacken, er hat mich in der Hand. „Du machst mich noch verrückt...", flüstert er und dreht mich wieder zu sich herum und küsst mich mit offenem Mund. Ich zittere schon wieder vor Lust, ziehe ihn fest an mich und spüre durch das leichte T-Shirt seinen angespannten Körper. Ich weiß, er will mich. Langsam führt er mich Richtung Meer zurück, lässt mich nicht einen Augenblick los. „Erzähl mir noch einmal von deinem Traum!", fordert er mich auf. „Du hast mich ausgezogen..." Er streift mir das leichte Sommerkleidchen über den Kopf und küsst mich erneut. „Und dann?" „Dann hast du mich umgedreht und den Bikini aufgemacht." Dank seiner geschickten Finger stehe ich zwei Sekunden später oben ohne am Strand. „Du hast meine Brüste in den Mund genommen und an ihnen gesaugt." Seine Zunge und sein Mund erledigen das so intensiv, dass ich leise aufstöhne. Ich setze mich auf seinen Schoß und spüre schon bald, wie er mein Höschen zur Seite schiebt, eine verruchte Geste, die mich schon immer fast um den Verstand gebracht hat. Ein paar Sekunden später sitze ich auf ihm, er ist in mir. Seine Hände führen mich, geben den Rhythmus an, streicheln mich und massieren meinen Bauch, drücken ihn vorsichtig, so dass ich ihn noch intensiver in mir spüre. Ich lecke an seinen Fingern, er massiert mich damit und während ich mich vorsichtig auf und nieder bewege, komme ich durch seine Finger noch stärker. Ich beiße mich an ihm fest und sauge wie immer in diesem Augenblick seinen intensiven Körpergeruch in mir auf. Ich flüstere ihm ins Ohr wie sehr ich ihn liebe. Dieses Mal jedoch, anders als im Traum, hört er mich.

IV

Ich weiß jetzt, wie sich Zombies fühlen. Ich bin in der zweiten Woche schwanger, zumindest sagt der Test das, übermüdet und dreckig. Die Nacht auf der kleinen Insel haben wir am Strand verbracht, und als morgens um sieben die ersten Motorboote zum Festland starteten, haben wir uns direkt an den Hafen bringen lassen, um uns anschließend ins Hotel zu schleppen. Auf dem Boot wäre mir vor Müdigkeit, Hunger und Hormonschwankungen beinahe schlecht geworden, doch dank seiner Ablenkung habe ich die halbe Stunde Fahrt lebend überstanden.

„Bett…", murmele ich, als wir in der Hotellounge stehen. „Ja Schatz, komm, wir sind gleich da." „Hunger…". Das ist das zweite Wort, an das ich mich erinnere. Er lächelt milde. Wir betreten das Zimmer. Ich lasse mich auf die weisen Laken fallen, Sand rieselt darauf. „Naa, nix da, ab in die Dusche!" Das auch noch. Wie kann er nur so grausam sein?! Während ich mir das Salz und den feinkörnigen Sand vom Leib spüle, die Haare wasche und ein wenig zum Leben erwache, höre ich, wie es an die Tür klopft. „Room Service!" Oh wie geil, Frühstück im Bett, ja ja ja, ich liebe diesen Mann!!! Euphorisch steige ich aus der Dusche, werfe mich in den Bademantel, kurz die Haare trockenrubbeln, ich bin bereit!

In der Erwartung, Croissants auf das Bett krümeln zu dürfen, trete ich aus dem Bad. Kein Chris weit und breit. Auf der Terrasse finde ich ihn wieder. Kaffee trinkend, Zeitung lesend, sieht er mich fast lüstern in meinem dünnen Bademantel an. „Hey…" „Guten Morgen mein Schatz, wie wäre es mit Frühstück und anschließend schlafen?" "Gerne…" Ich setze mich, da fällt mein Blick auf einen Umschlag neben meinem Teller. „Was ist das?" frage ich. „Kleine Überraschung, aber jetzt iss erst, sonst kippst du mir noch aus den Latschen." „Bitte bitte sag mir was das ist!!!" Ich halte es nicht aus, nehme den Briefumschlag und mache ihn auf. Ich mag Überraschungen, aber damit hätte ich nicht gerechnet. Schon gar nicht hier im Hotel. Ich wusste nicht mal, dass sie hier diese Art der Vergnügung anbieten. Ich grinse ihn an. „Ein Maskenball??" „Naja ich dachte, wir sind bald nicht mehr allein, und da sollten wir vielleicht die Zeit nutzen und ein paar Sachen für Erwachsene machen." Oh Gott. Ich habe keine Ahnung, was mich heute Abend erwartet. Panik. „Und wie soll das Ganze funktionieren?", frage ich unsicher. Immer noch dieses süffisante Lächeln in seinem Gesicht. „Ich verrate dir nur so viel: das Thema ist 'Karneval in

Venedig' und wir gehen getrennt dort hin. Tu so als würden wir uns nicht kennen, und sieh es als ein kleines erotisches Abenteuer." Na hoffen wir nur, dass wir dabei nicht den falschen Maskierten erwischen.

Nach einem ausgiebigen Frühstück legen wir uns schlafen. Aneinandergeschmiegt schlafen wir ein, alleine wache ich wieder auf. Ich setze mich im Bett auf, rufe nach ihm, keine Antwort. Klar, er macht ernst. Neben mir entdecke ich die Eintrittskarte zum Ball, lese sie genauer durch, die Masken werden dort vergeben. Was um Himmels Willen zieht man zu einem Maskenball an? Ich wähle ein schwarzes Kleid und hohe Schuhe, vermutlich sollte man dort einigermaßen anzüglich erscheinen. Ich schminke mich. Rote Lippen, schwarze Augen. Ich bin aufgeregt, schusslig, weiß nicht wie ich mich verhalten soll. Ein Blinddate mit dem Mann meines Lebens. Ich werde ihn nicht erkennen. Er wird verkleidet sein und sich vor mir verstecken. Der Gedanke, ihn suchen zu müssen, oder gar von ihm verfolgt zu werden, erregt mich so sehr, dass ich beginne, mich selbst auf dem Bett zu berühren. Nein, ich muss aufhören, reiß dich zusammen, sag ich mir und verlasse das Zimmer auf schwarzen Highheels. Kinn nach oben, Brust raus, ein selbstsicheres Lächeln im Gesicht folge ich den Menschen, die dasselbe Ziel haben. Der Ball findet in einem abgelegenen Teil des Hotels statt, von außen unscheinbar, von innen ein riesiger Raum mit mehreren Ausgängen, gedämpftes Licht, Kerzen, alles in rotem Samt ausgekleidet, ein Duft nach Yasmin strömt durch den Raum. Zwei Frauen stehen am Eingang und verteilen wunderschöne Masken an die Gäste. Die eine nimmt mich zur Seite, sieht mich lächelnd an und setzt mir eine goldene Maske aufs Gesicht. Sie gibt mir einen Handspiegel und ich betrachte mein neues Antlitz. Ich bin verzaubert. Sie ist golden, geschmückt mit wenigen schwarzen Federn. Sanft schiebt mich die junge Frau mit einem Zwinkern und einem „Psst!" in den großen Saal. Für einen Moment vergesse ich, wo ich eigentlich bin. Überall unbekannte, verkleidete Menschen. Alle maskiert, in den schönsten Farben und Formen, alle gekleidet in schlichtem Schwarz. Die Atmosphäre ist geladen, rhythmische Musik bestimmt den Hintergrund. Sie sprechen nicht. Die Eindrücke machen mich schwindlig. Ich sehe in Gesichter, die ich vielleicht schon oft gesehen habe, es aber nie erfahren werde. Kellner in schwarzen Anzügen, Fliege und weiß verkleideten Gesichtern versorgen die durstigen Gäste mit Champagner und Cocktails. In dem Gedränge spüre ich einen Moment lang eine Berührung, nur eine Sekunde. Ich drehe mich um, doch dort sind nur die tanzenden Gäste. Wo ist er bloß? Wie soll ich ihn hier finden? Ich habe keine Chance, denn schon fordert mich eine große Gestalt zum Tanzen auf. Ich bewege mich unter seiner Führung übers Parkett, nach wenigen Minuten lässt er von mir ab und verabschiedet sich mit galanter Verbeugung. Ich sehe mich um, versuche, irgendwo seine schlanke Gestalt und die langen, zum Zopf gebundenen Haare auszumachen, nichts, kein Chris weit und breit. Ich mustere alle in nächster Nähe, als das Licht langsam gedämmt wird, bis man sich gerade noch so erkennen kann. Wieder eine Berührung, dieses Mal auf meiner Wange. Ich kenne diese Berührung nur zu gut, er muss direkt neben mir gestanden haben. Die Musik wird lauter, das Licht bleibt aus. Ich spüre seinen Atem in meinem Nacken und dass er mir leicht über meinen Rücken streicht. Und wieder ist er weg, ich bleibe verwirrt zurück. Ich entschließe mich, den Spieß umzudrehen. Langsam, ohne dabei den maskierten Gästen zu nahe zu kommen, suche ich den Weg aus dem Gedränge und in Richtung einem der Ausgänge. Er ist mir auf den Fersen. Oder ich ihm? Ich sehe ihn nicht, aber seine Nähe ist spürbar. Um schneller zu sein, schlüpfe ich aus den Schuhen. Ich öffne eine der Türen, sie führt durch einen dunklen Korridor in ein kleines separates Zimmer, das nur von zwei Kerzen in warmes Licht getaucht wird. „Da bist du ja…" Ich bekomme

Gänsehaut. Hat er die ganze Zeit hier gewartet? Und wer hat zuvor meinen Rücken, meine Wange berührt und stand so nahe bei mir, dass ich den Atem auf der Haut spüren konnte? Ich gehe auf ihn zu, seine Haare sind offen, er trägt keine wirkliche Maske, eher ein Band um die Augen wie Zorro in seinen besten Zeiten. Er ist unwahrscheinlich anziehend. Ich kenne ihn so gut, er ist mir so vertraut, und doch scheint er ein Fremder. Er steht auf und küsst mich ein wenig grober als gewohnt, meine Zunge verliert sich in seinem Mund, er hält meinen Kopf fest und streicht mir immer wieder durch das Haar. Mir wird heiß, ich bekomme Lust. „Dreh dich um...", befiehlt er mir sanft und legt mich bäuchlings über die Lehne des kleinen Sofas, das mitten in dem Raum steht. Er hebt mein Kleid an und streicht mir sanft über die Schenkel und den Po. Er rollt mich auf die andere Seite, so dass ich in sein maskiertes Gesicht sehe, er steht mit nacktem Oberkörper über mir. Mein Unterleib reckt sich ihm entgegen, ich kann mich in dieser Lage kaum rühren. Er lächelt, ist aber kühl. Als er in mich eindringt, keuche ich: „Wer war das vorhin?" „Wer war was?" Jedes Wort ein Stoß. „Jemand hat mich berührt." Er bewegt sich schneller. Beugt sich über mich und berührt meine Wange mit einem Finger. „Hast du mich nicht erkannt?" „Ich hatte Angst, es wäre ein anderer gewesen." „Das hätte ich nicht erlaubt." Er zieht mich nach oben, in seine Arme, drückt mich gegen die Wand, streicht mir die Maske vom Gesicht, nimmt seine ab und endlich darf ich in die warmen, vertrauten Augen sehen, die mir an diesem Abend so sehr gefehlt haben.

V

„Schatz? Schatz wach auf, bitte…" Ich drehe mich schwerfällig auf die Seite und berühre ihn vorsichtig. Er brummelt etwas und dreht sich zu mir um. „Mir tut der Rücken weh…" „Komm ich massier dich." Er umarmt mich zärtlich, und drückt auf die richtige Stelle, seine geübten Hände tun mir gut und langsam entspanne ich mich. Er flüstert leise und streichelt mich sanft, bis ich wieder einschlummere. Heute ist der 4. Mai, und es ist zwei Uhr nachts.

Ein Krampf lässt mich erneut aus dem Schlaf schrecken. Mein Bauch ist hart wie Stein. Ich wimmere und halte die Luft an. Jetzt ist auch der werdende Vater neben mir hellwach. „Hat sie gestrampelt?", fragt er und streichelt meinen kolossalen Bauch. „Sie spielt Schlagzeug da drin.", antworte ich genervt. Ich will schlafen. Ich bin müde. Außerdem muss ich aufs Klo. Alle Stunde inzwischen. Ich stehe auf… platsch. Ich erschrecke zu Tode. Wir sehen uns an. Das war dann wohl die Fruchtblase. Scheiße. Ok, keine Panik. Chris springt aus dem Bett und ist wenige Minuten später angezogen und startklar. Ich versuche auf die Toilette zu gehen, aber die Krämpfe werden immer heftiger, kommen alle fünf Minuten und ich habe Angst, dass mein Bauch platzt. „Schatz ich pack' das nicht...", jammere ich und klammere mich an einem Stuhl fest. Die nächste Wehe zwingt mich in die Knie und ich habe das Gefühl, mich vor Schmerzen übergeben zu müssen. Er packt mich kräftig unter den Armen und hilft mir, mich aufzurichten, dabei ist er so erstaunlich ruhig, wie ich ihn nur selten erlebt habe. Er nimmt mich in den Arm und sieht mir liebevoll in die Augen. „Du kannst das, du bist stark, ok? Komm wir fahren ins Krankenhaus, in zwanzig Minuten sind wir dort." „Okay... ahhhhh...." Oh Gott und das soll erst der Anfang sein?? „Wie oft kommen sie?" „Alle zwei Minuten." „Ach du scheiße. Ok vergiss es." Antwortet er. „Was soll ich vergessen??" Ich sehe ihn erschrocken an. „Nichts. Leg dich in die Wanne und lass warmes Wasser ein. Ich bin gleich bei dir." Nein... meint er etwa ich schaffe es nicht bis ins Krankenhaus?? Was ist das, eine Sturzgeburt?? Ich schleppe mich zur Badewanne und schaffe es tatsächlich, in einer kurzen Wehenpause mich hineinzulegen. Das warme Wasser tut gut, ich schließe einen Moment lang die Augen und höre, wie er mit der Hebamme telefoniert. Ich versuche, tief zu atmen, bis mich der nächste fiese Krampf schüttelt. Ich habe Angst, ich will sterben, ich will irgendwas gegen diese beschissenen Schmerzen, womit habe ich diesen ganzen Scheiß eigentlich verdient??

Er kommt ins Bad und macht das Deckenlicht aus. Nur die Spiegelbeleuchtung bleibt an, das Licht ist dunkler, nicht so klinisch. Aus dem Wohnzimmer höre ich leise Musik. Was wird das, ein improvisierter Kreissaal? Ich muss lächeln. Er setzt sich an die Kante der Badewanne, sieht mich an und streichelt meine Wange. „Sie ist in zehn Minuten da. Versuch dich zu entspannen und nicht zu pressen. Das kriegen wir schon hin." Er spricht leise und ruhig, aber in seinen Augen lese ich dieselbe Angst, die ich auch verspüre. „Weißt du noch, als wir uns zum ersten Mal geküsst haben?", fragt er mich und hört nicht auf, mich zu streicheln. „Ja, ich habe gesagt, ich würde dich umbringen, wenn du es jemandem erzählst... oh Gott... Auuuuuuuuaaaaaaaaaaaaaaaa." Ich weine. Doch er erzählt weiter und hält meine Hand. „Ja ja, du warst damals unwahrscheinlich charmant... wir saßen im Terminal uns gegenüber und ich hatte solche Lust, dich zu küssen. Es musste einfach sein, ich hatte mich total in dich verschossen. Ich wollte dich und musste dich haben. Und du hast dich kein Stück auf mich zubewegt. Du warst richtig versteinert. Dann hab ich mich über den Tisch gebeugt und dich vorsichtig geküsst... ich hatte fast ein bisschen Angst, dass du mich beißt, so schüchtern warst du." Ich höre ihn sprechen, doch es scheint alles weit weg, die Schmerzen nehmen mir den Atem und die Nerven. Ich will schreien. Bei der nächsten Wehe muss der Duschvorhang dran glauben. Ich halte mich an ihm fest und reiße ihn runter. Ich wünsche mir ein Beißholz. Aber das würde meinen Zähnen sicher nicht guttun. Als es klingelt, endlich, nach Minuten, die mir vorkommen wie Stunden, kann ich nicht mehr anders, ich presse was das Zeug hält. Kurz darauf ist die Hebamme bei mir. Sie tastet meinen Bauch ab und lächelt mich an. „Du hast es fast geschafft, Liebes. Wir machen das jetzt gemeinsam, Chris, setz dich hinter sie und halt ihr einfach nur die Hand." Ihre Kommandos beruhigen mich, sie kontrolliert die Situation. „Ok, bei der nächsten Wehe pressen." Ihre Hand ist in mir drin. „Ich spüre schon etwas. Gut, dass ihr nicht ins Krankenhaus gefahren seid, sonst hättet ihr euer Töchterchen im Porsche entbunden." Sie zwinkert mir zu. Ich bäume mich auf, es ist furchtbar. „Verdammte Scheiße!!!" brülle ich in die Stille. „Ja so ist es gut... pressen, noch ein bisschen..." Ich gebe Laute von mir, die ich nicht kannte. Ich zerquetsche seine Hand. Ich sterbe gerade, ich bin mir sicher. Nein, doch nicht. Einen Moment Atem holen, dann geht es wieder los. Die Hebamme hilft mir jetzt mit beiden Händen, ihr scheint wohl gar nichts heilig zu sein. „So und jetzt noch mal... fest pressen... du hast es gleich geschafft...." Er hält meinen Kopf, der schier zu platzen scheint. „Ok, so, der Kopf ist schon in Sichtweite…". An mehr erinnere ich mich nicht.

Ich muss ohnmächtig geworden sein. Als ich wieder zu mir komme, liege ich in frischem, warmem Wasser und sehe in seine Augen. „Erschreck mich nie wieder so sehr mein Schatz, versprich mir das!" Er hat geweint. Hat rote Augen und schnieft. Die Hebamme steht vor der Wanne und hat ein weißes Bündel im Arm. Vorsichtig hebt Chris mich aus der Wanne und schafft es tatsächlich, mich bis zum Bett zu tragen. Er trocknet mich ab und ich kuschle mich in die weichen Kissen, und die Hebamme legt mir unsere Tochter Nora in den Arm. Sie ist so winzig, ihre Augen sind geschlossen, ihre Nase ist keine eineinhalb Zentimeter groß. Die klitzekleinen Fingerchen bewegen sich im Schlaf. „Hey…", flüstere ich leise und lege sie an meine Brust aus der die Milch förmlich tropft. Er legt sich neben mich, total k/o, erschossen, doch er nimmt mich und unsere winzige Tochter Nora in den Arm und küsst mich zärtlich. „Ich liebe dich mein Schatz.", flüstert er, „Und danke…" „Wofür danke?", frage ich leise. „Für alles."

VI

Ich werde den Gedanken nicht los. Irgendwas stimmt nicht. Nicht, dass ich ihm nicht vertrauen würde, nach alledem, was wir miteinander durchgemacht haben. Er ist mein Vertrauter, mein Seelenverwandter. Ich liebe ihn über alles und er ist der beste Vater, den ich mir für mein Kind vorstellen kann. Anfangs habe ich ihn vergöttert, Monate, Jahre lang. Inzwischen ist es eine ausgewogene Liebe geworden, in der nichts fehlt. Vertrauen, Leidenschaft, intime Momente, Verständnis, alles ist da. Ich habe das Gesamtpaket mit ihm gewonnen, einen Sechser im Lotto, es ist perfekt, wäre da nicht diese eine Sms gewesen. Und diese scheinbar unbedeutenden Erzählungen. Und dieses widerliche Gefühl, wenn ich an sie denke. Bin ich frustriert, weil ich jetzt Mutter bin und zehn Monate lang nicht mehr arbeiten werde? Hab ich zu viel Zeit zum Nachdenken? Spielt sich in meinem Kopf nur ein abgefuckter Film ab? Lieg ich falsch oder macht sie sich an ihn ran??

Es ist kurz vor sieben Uhr abends, gleich sollte er von der Arbeit nach Hause kommen. Diesen späten Zug nahm er nur, als wir uns noch heimlich treffen mussten. Nein, es hat nichts zu bedeuten. Seit er in der anderen Abteilung ist, hat er mehr zu tun. Er trifft sich nicht mit ihr. Ich weiß es. Und doch…

Die Haustür geht auf, ich nehme die frischgewickelte Nora auf den Arm und gehe ihm entgegen. Er sieht müde aus doch er nimmt uns in den Arm, küsst mich sanft und nimmt mir die Kleine ab. Ein hübsches Bild, die beiden. „Und, wie war's bei der Arbeit? Viel zu tun?" „Ja, die Chefin stresst mal wieder… alles bis vorgestern und so weiter und so fort, du kennst das ja…" „Ja, ich kann mich dunkel erinnern…". Wir bleiben einen Moment im Eingang stehen und ich sehe ihm direkt in die Augen. Dann lege ich meinen Kopf auf seine Brust, dort war er schon immer gut aufgehoben. Sein Geruch macht mich noch immer verrückt, ich schnuppere an ihm. „Schatz, ich gehe duschen vor dem Abendessen. Hab geschwitzt heute." Er verschwindet im Bad, die Klamotten und das Handy liegen auf dem Bett.

Tu's nicht, sage ich mir. Vertrau ihm. Er betrügt dich nicht. Doch es ist stärker als ich. Mein Magen zieht sich zusammen als ich das Handy aufmache und in diesem Moment ein Anruf kommt. Sie. Ich weiß, sie sind Freunde und dass sie liiert ist. Aber was will sie abends um sieben von ihm?? Ich sehe sie schon Händchen haltend durch die Stadt spazieren, sich küssen. Ich glaube mir wird schlecht. Ich lege das

Handy zurück aufs Bett, nehme Nora, die bereits auf meinem Arm eingeschlafen ist und lege sie in ihr Bettchen. Ich schlucke die Tränen herunter und gehe in die Küche, um Abendessen zu richten.

Chris kommt in die Küche, die Haare nass und offen, umwerfender Duft, seine Arme schlingen sich um meinen Körper während die Pasta kocht. Doch anders als sonst, wird mir innerlich kalt. Mir schießen die Tränen in die Augen, als ich mich zu ihm umdrehe und ihm sage, dass ich ‚zufällig' ihren Anruf gesehen habe. „Ist doch kein Grund sich aufzuregen, Schatz, ich ruf sie an und frage, was sie wollte, ok?" „Tu das.", erwidere ich trocken. „Hey!", sagt er und hebt mein Kinn an, so dass ich ihm direkt in die Augen sehen muss. „Was?" flüstere ich. „Ich hab nichts mit ihr, ok?" „Das habe ich auch nicht behauptet." „Und was ist das für eine Szene wegen einem Anruf?" „Es war ja nicht nur der Anruf!", schnauze ich. „Was denn noch?" Seine Stimme ist leise, die braunen Augen verengen sich. Jetzt muss ich es ihm wohl sagen. „Ich hab ihre Sms gesehen.", gestehe ich. „Welche Sms? Und seit wann gehst du an mein Handy?" „Die Sms von vorgestern." „So, und was stand da drin?" „‚Hallo Schatzi, wie wär's heute mit Mittagessen? ' Was soll ich denn deiner Meinung nach denken?" „Erstens was hast du an meinem Telefon zu suchen?" „Das Telefon ist eine

Sache, erklär du mir lieber, wieso sie dich ‚Schatzi‘ nennt, und wieso du mir erzählst, dass du mit den Jungs essen gehst und am Ende mit ihr gehst?" „Ich hab doch gar nicht gesagt, dass ich mit ihr gegangen bin. Sie hat mich gefragt, aber ich habe Nein gesagt!" Ich winde mich aus seinen Armen, mir wird das hier zu dumm. „Wenn du mit ihr gegangen bist, dann sag's mir doch einfach!", keife ich, ich kann mich gerade noch beherrschen, die Stimme nicht allzu sehr zu heben. „Was soll denn der Scheiß, ich bin habe nicht mit ihr gegessen! Sonst hätte ich es dir doch gesagt, ich geh doch nicht heimlich mit ihr aus!" „Was weiß ich denn, was du den ganzen Tag treibst, während ich hier die Windeln wechsele und Babybrei koche!" Ich stelle den Herd ab, gieße die kochenden Nudeln ab, schmeiße sie in die Soße, brülle heulend „Guten Appetit!" und verschwinde im Badezimmer. Ich schließe die Tür ab. Ich glaube, ich habe diese Tür in meinem Leben noch nie abgeschlossen. Ich flenne, was das Zeug hält. Heiße, wütende Tränen landen auf meinen Klamotten während ich mir ausmale, wie oft sie sich in den letzten Wochen gesehen haben könnten. Es klopft leise an die Tür. „Hau ab!", schreie ich mit tränenerstickter Stimme. „Komm schon Schatz, mach auf... Komm raus... Ich hab nichts mit ihr, wirklich... komm, das Essen ist fertig!" Wie kann er nur ans Essen denken? Ich denke gerade an das

Gegenteil und bin schon versucht, der Kloschüssel einen Besuch abzustatten. Ich will doch nicht so eifersüchtig sein, doch der Gedanke, dass er eine andere treffen könnte, bringt mich um. Es tut so tierisch weh. Mein Herz klopft wie wild, ich kann nicht atmen, jeder meiner Muskeln ist angespannt und mein Körper verkrampft sich. Er klopft noch einmal, sagt etwas Unverständliches und entfernt sich dann. Ich liege auf dem Badvorleger wie ein verletztes Tier. Die Tränen rennen und wollen nicht versiegen. Ich kann nicht aufhören und wimmere. Nach einiger Zeit, ich weiß nicht, ob nur zehn Minuten oder eine Stunde vergangen ist, stehe ich auf und lausche. Stille, nicht mal der Fernseher geht. Ich schließe vorsichtig auf und öffne die Tür. Dunkel, es ist vollkommen still. Ich gehe in Noras Zimmer, sie schläft ruhig. Seltsam, normalerweise kommt sie alle zwei Stunden und will gestillt werden. Die Terrassentür ist offen. Er steht draußen, rauchend, in der Dunkelheit. Ich nähere mich ihm vorsichtig und lege mein Gesicht an seinen Rücken. Ich spüre seinen Herzschlag. Er atmet tief durch und dreht sich langsam um. Sein Gesichtsausdruck ist schwer zu deuten. Pokerface.

„Hast du mich betrogen?", flüstere ich in die Dunkelheit. Seine Hände streichen über meine Haare, kühle Finger auf meine heißen Wangen. Seine Lippen küssen meine Lider, meine Stirn, so sanft, dass ich schaudere. „Das überlasse ich deiner Fantasie... davon scheinst du ja eine Menge zu haben.", antwortet er und greift fest meinen Nacken, legt seinen Mund auf meinen und küsst mich wie zu unseren besten Zeiten. Seine Hand knetet meine Brüste während ich weiter nach einer Antwort bohre. „Sag es mir, bevor ich es selbst herausfinde!", keuche ich unter seinen vampirartigen Bissen in meinen Hals. „Kann ich was dafür, wenn die Frauen auf mich stehen?", brummt er und seine Hände verschwinden unter meinem Shirt, dann unter meinem BH, kratzen über meinen Körper. „Hast du mit ihr geschlafen? So wie mit mir damals im Proberaum?", frage ich ihn frei heraus während er mich in die Wohnung schiebt. „Die einzige, mit der ich jetzt schmutzige Dinge machen werde, bist du. Dreh dich um!" „Nein!" Ich gehe auf Abstand, mit Sicherheit werde ich jetzt nicht nachgeben, auch wenn es vielleicht das Beste wäre. Er kommt einen Schritt auf mich zu, hält mich fest, dreht mich um hundertachtzig Grad. Seine Hände werden zu meinen Handschellen, sie schubsen mich Richtung Sofa. „Los!" Ich sehe ihn wütend an und wehre mich zaghaft. Er zieht mir Hose und Unterhose herunter, zwingt meinen Oberkörper herunter, lässt seine Handfläche auf meinen Po klatschen und nimmt mich hart von hinten. Mit jedem Stoß werde ich wütender. „Berühr dich selbst!" „Bitte was??", frage ich kalt. „Ich will, dass du kommst!" Ich befeuchte meine Finger und während er mich weiterhin von hinten penetriert, befriedige ich mich selbst. Der Orgasmus ist heftiger als erwartet. Ich stöhne in ein Kissen, um das Baby nicht zu wecken. Der Höhepunkt dauert Minuten an und er lässt mich nicht gehen, bis ich mich endgültig ergebe. Erst als ich mich endlich entspanne, zieht er sich zurück und lässt mich auf dem Sofa liegen. „Ruh dich aus...", flüstert er und deckt mich mit einer Wolldecke zu. Ich höre weit entferntes Geschirrklappern in der Küche. Kurz darauf kommt er wieder. „Es ist angerichtet." Essen... erst jetzt merke ich wie hungrig ich bin. Ich setze mich. „Verzeih mir.", flüstere ich kaum hörbar. „Du warst verletzt. Und einsam. Das tut mir leid. Das hätte nicht passieren dürfen." „Will sie denn was von dir?" „Weiß ich nicht. Aber selbst wenn es so wäre, ist es mir egal. Ich liebe nur dich." „Ja aber..." „Kein Aber. Ich will und liebe nur dich. Und wenn ich dir etwas zu gestehen habe, werde ich es tun, ohne dass du mein Handy durchsuchen musst." Ich schäme mich in Grund und Boden. „Tut mir leid..." „Naja, zumindest hatten wir so mal wütenden Sex!", sagt er und zwinkert mir zu. „Stimmt, wir sollten öfter streiten..." „...Ich denke wir sollten vor allem öfter reden."

VII

Dieser Blick, so liebevoll. Diese warmen Augen, wie oft werde ich es noch wiederholen, wie besänftigend sie sind? Was ich spüre, wenn er seinen Blick auf meinen heftet und ich mich so verstanden, so warm, so wohlig, so verliebt fühle? Er hat ja recht. Ich sollte ihm vertrauen und wissen, dass er mir immer die Wahrheit gesagt hat. Wir hatten einen Pakt, immer die Wahrheit zu sagen, so brutal sie auch sein möge. Und bis jetzt haben wir uns daran gehalten.

„Kannst du dich daran erinnern wie wir uns zum ersten Mal gestritten haben? Da haben wir auch einfach drüber geredet und alles war wieder ok. Das sollten wir auch jetzt tun." Und wie ich mich daran erinnere, als ob es gestern gewesen wäre. Ich dachte schon, ich hätte ihn verloren. Und das nach gerademal drei Monaten. Ein furchtbarer Tage in meinem, unserem Leben, auf den ich nur zu gerne verzichtet hätte.

„Vielleicht täte es uns gut, mal wieder rauszufahren, was meinst du?" „Übers Wochenende? Gleich morgen?" Ich strahle ihn an. „Ja, fahren wir an den See? Ich angel ein bisschen und wir machen uns zwei schöne Tage mit der Kleinen." „Ok..." Ich stehe auf, setze mich auf seinen Schoß, streichle das

Bärtchen, spiele mit seinen Haaren, beginne ihn zu küssen. „Bist du sauer?", flüstere ich und habe schon jetzt Angst vor der Antwort. Ich fühle mich so weich, so verletzlich. Seine Hände umfassen meine Hüften und wiegen sie sanft. „Nein, ich bin nicht sauer. Ich werde in Zukunft versuchen früher heimzukommen. Tut mir leid, dass es soweit kommen musste." Ich küsse sanft seine Lippen und lasse meine Zunge darüber fahren. „War ich vorhin zu hart zu dir?", fragt er leise. „Auf der Couch?" „Ja... ich hatte das Gefühl, du hattest es nötig..." Ich kichere, „Tja, ab und zu musst du mir schon zeigen, wer der Chef ist." „Der Chef wird dich jetzt ins Bett bringen. Und dann wird geschlafen."

Die schmutzigen Teller bleiben wo sie sind, der Stuhl kippt nach hinten, knutschend und Frieden schließend taumeln wir Richtung Schlafzimmer.

Ich wache vom Babygeschrei auf. Gleich darauf höre ich wie er sie aus ihrem Bettchen nimmt und aus dem Schreien ein fröhliches Glucksen wird. Ich lächle schlaftrunken und stehe auf. Sonne. Endlich, die letzten Tage waren von Scheißwetter geprägt. Es ist sieben Uhr morgens, es riecht nach Kaffee und frischen Brötchen. „Guten Morgen ihr zwei." „Guten Morgen Mami! Weißt du, Papi hat mich schon gewickelt, jetzt musst du mich nur noch stillen, dann bin ich ja sowas von zufrieden!", piepst Chris an Noras Stelle und drückt sie mir grinsend in den Arm.

Keine zwei Stunden später kommen wir am See an. Kind ins Tragetuch, Angelzeug raus, mit Decke, Rucksack voller Babyutensilien und Kühlbox bewaffnet gehen wir den kleinen Pfad am linken Seeufer entlang, bis wir unterhalb des Hauses stehen. Kein Mensch weit und breit. Perfekt. Ich setze mich im Schneidersitz auf die Decke, das Baby auf dem Schoß schauen wir Mister Ich-fange-die-größten-Karpfen-des-Jahres zu. „Dein Papi schaut schon witzig aus mit den Gummistiefeln...". So langsam wird mir langweilig. Ich konnte noch nie besonders gut lange stillsitzen. „Nora was meinst du, drehen wir eine Runde um den See?" Ich binde sie mir mit dem Tragetuch um den Bauch, rufe in seine Richtung, dass wir ein wenig spazieren gehen werden, und dass wir in ein paar Stunden wieder da sein werden. Ich habe es immer geliebt, ein wenig alleine durch die Natur zu stapfen, die Ruhe und den frischen Geruch zu genießen. Doch statt die Runde um den See zu drehen, laufe ich weiter in den Wald hinein. Immer schön auf die gekennzeichneten Wege achten, dann kann man sich nicht verlaufen. Dachte ich zumindest. Ich bin seit zwei Stunden unterwegs und muss eine Abzweigung verpasst haben, verdammte Scheiße. Nora kümmert es wenig, sie schläft friedlich an meinem Bauch. Gott sei Dank wiegt sie nicht viel. Ich setze mich auf einen Baumstumpf, versuche, mich zu orientieren. Keine Chance, ich kenne die Gegend zu wenig. Mir kommen die Tränen. In der Ferne Donnergrollen, das fehlte noch. Die ersten Tropfen fallen, ich brauche einen Unterschlupf, zumindest bis das Gewitter vorbei ist. Wie konnte ich nur so dumm sein, schimpfe ich innerlich, ich, die ständig in den Bergen unterwegs war! Gott hab ich Durst. Ich gehe weiter, versuche, den Berg runter zu kommen, irgendwo da unten muss der verdammte See doch sein. Wenn wenigstens ein paar Menschen unterwegs wären. Chris wird verrückt vor Sorge sein. Ich hoffe nur, er hat sich nicht auch noch in den Wald begeben, sondern wartet im Hotel auf uns. Der Regen wird heftiger, Nora ist aufgewacht und schreit. Ich versuche, sie vor den kalten Tropfen zu schützen, küsse das Köpfchen und rede auf sie ein. Gott sein Dank, ein alter Schuppen. Ich mache die Tür auf, es ist dreckig, aber immerhin geschützt. Während draußen das Unwetter tobt, gebe ich ihr meine verschwitzte Brust und streichle sie ohne Unterlass. „Wir schaffen das schon meine Kleine, nachher bring ich dich nach Hause, hab keine Angst." Doch die Angst habe ich selbst, ich werde fast verrückt. Das Handy hat natürlich null Empfang, klar, wir sind mitten in der Pampa, zudem das Gewitter. Scheiße, Scheiße,

Scheiße. Ich schließe einen Moment die Augen und versuche, mir den Hinweg vorzustellen. Ich war doch schon auf dem Rückweg, dann muss ich den falschen Weg eingeschlagen haben. Ok, ich muss mich zusammenreißen. Inzwischen gießt es wie aus Kübeln, Blitz, Donner, Blitz, Donner, es hört gar nicht mehr auf zu toben. Durch das Dach tropft es. Ich halte Noras Ohren zu um ihr den Krach einigermaßen erträglich zu machen. Während wir still in dem klitzekleinen Schuppen sitzen, geht mein Gedanke zu ihm. Der Arme, was tu ich ihm hier nur an? Dieses Mal kann er mir nicht verzeihen. Ich mache mich auf einen Riesenstreit bereit, ist ja nur verständlich.

Ein Krachen und ich sehe schwarz. Irgendwas ist mir auf den Kopf geknallt. Scheiße, raus hier. Ich stehe ein wenig benommen auf, stoße die Tür auf, es gießt noch immer. Ich sehe mich um. In den Baum, der neben dem Schuppen steht, ist der Blitz eingeschlagen und ein großer Ast hat ein Loch in das Dach gerissen. Ich taste an meinem Hinterkopf, kein Blut, aber eine ordentliche Beule. Ich drehe mich verstört um, als ich hinter mir seine Stimme höre. „Schatz, Gott sei Dank, da bist du ja!" Er rennt auf mich zu, nimmt mich in den Arm, drückt uns an sich. „Tut mir leid, ich..." „Du warst nur ein paar hundert Meter vom See weg!" „Wie ein paar hundert Meter, ich hab die Abzweigung nicht mehr gefunden..." „Ja, er ist da unten... ist ja egal, los komm, wir werden hier nur klatschnass!"

Triefend kommen wir am See an, es ist bereits Abend. Ich hatte wohl nicht nur die Orientierung verloren, sondern auch die Zeit vergessen. Wir entscheiden, die heutige Nacht im Hotel zu verbringen und nicht nach Hause zu fahren. Ein paar Kilometer weiter ist ein wunderschöner Ansitz im mittelalterlichen Stil und nach einer heißen Badewanne für alle drei und einem warmen Abendessen sind wir zwar todmüde, aber wieder einigermaßen hergestellt.

„Machen wir noch ein paar Schritte bevor es dunkel wird?", bitte ich ihn. „Ich will dir den See hinterm Haus zeigen. Der ist übersichtlicher!", grinse ich.

Was für ein schöner Abend nach diesem beschissenen Tag. Wir liegen im Gras, das Gewitter ist vorbei, die Sonne geht langsam über den Bergen unter, der Himmel ist rot. Unser Töchterchen schläft im Kinderwagen, nur gut, dass sie zu klein ist um sich an diesen Ausflug zu erinnern. Irgendwann, wenn sie groß ist, werde ich ihr meine Unvorsichtigkeit beichten. Sie wird lachen und ihre Mutter für verrückt erklären und nicht die Ängste verstehen, die ich heute durchgestanden habe. Ich drehe mich zu ihm um und kann nicht anders als lachen. Er legt sich auf mich, sieht mir gespielt streng in die Augen. „Da gibt's nichts zu lachen, Rotkäppchen!" „Huu, wieso, spielst du sonst den bösen Wolf?", murmele ich zwischen den Küssen. Seine Hand ist auf meinem Schenkel, streichelt ihn und schiebt das Kleid höher. Mit einem Halm kitzelt er meine Nase und nestelt an seiner Jeans. Ich sauge den Geruch des feuchten Grases ein, während sich seine Hand den Weg sucht. „Mmh... Schatz heute ohne Unterhose...?" „Ich hatte keine zum Wechseln dabei..." „Alles Ausreden, oder?" „Nein wirklich... hab sie vergessen..." „Wie praktisch..." Ich spüre sein Geschlecht an mir. „Willst du?" „Was für eine Frage...", raune ich. Ich liebe diesen Moment, er sieht mir dabei in die Augen und wir werden eins. Mit seiner Hand auf meinem Mund, die mein Keuchen dämmt, genieße ich seine Bewegungen in mir, schließe die Augen, gebe mich seinen innigen Küssen hin. Als ich sie wieder öffne, sehe ich die ersten Sterne und das Gesicht meiner großen Liebe.

VIII

Ich bin überfordert. Diese ganzen Eindrücke machen mich platt. Ich bin geil und total am Ende. Mein Gedanken fahren Karussell. Noch nie in meinem Leben habe ich so dermaßen viele Ärsche, Titten und Sextoys gesehen.

Seine Mutter hat uns ein freies Wochenende geschenkt. Das erste nach zehn Monaten, in dem wir rund um die Uhr Mami und Papi gespielt haben. Jetzt ist Nora bei ihrer Oma, lässt sich verhätscheln, und wir verwöhnen uns ein wenig. Ich hatte ja keine Ahnung, als er mich übers Wochenende auf die Erotikmesse nach Innsbruck einlud. Ok, dachte ich mir, ein paar Dildos, Analstöpsel und vielleicht Lack und Leder, doch das war erst der Anfang.

Wir sind am Hafen. Wir parken, noch im Auto sitzend grinst er mich an, ohne diese unverschämt sexy Pilotenbrille abzunehmen, die ihm noch mehr Zuhältercharme verleiht. Ein fieses Lächeln, ich fühle mich wie ein dummes Kind vor dem ersten Sexualkundeunterricht. Ich will schon beschämt aussteigen, da ist seine Hand auf meinem Knie und seine Zunge in meinem Mund. „Ach Gott sind wir aber aufgeregt!" Wie immer fühlt er meine verräterisch feuchten Handinnenflächen. „Was erwartest du denn?

Kann ja nicht jeder so ein ausgefülltes Sexleben wie du geführt haben!", fauche ich. „Na dann komm, hier kriegst du Nachhilfe!"

Schon im Eingang der Messehalle stöhnt Jane Birkin ihr „Je t'aime" durch die Lautsprecher. Ich mustere die Besucher, die Luft riecht bereits nach Pheromonen und Sex. Was der Mensch nicht so alles ausdünstet, wenn's zur Sache geht. Wir drehen eine erste Runde in Halle eins, überall zwischen den Besuchern extrem geschminkte Frauen, nie habe ich so viele falsche Brüste, so viele knackige Hintern in allzu knappen Strings, so viele Wasserstoffblondinen, so viele aufgeplusterte Männer, die weiß Gott was für ein Gemächt in der Hose mit sich herumtragen, gesehen. Ich traue mich kaum, hinzusehen. Während ich noch den letzten Schrei der Sado-Maso-Mode bewundere, mich frage, wie sehr es Leute aufgeilt, sich schlagen und fesseln zu lassen, kommt Chris lachend mit einer Tüte auf mich zu. „Was ist das?" Ich bin skeptisch. „Ein kleines Geschenk für dich, aber erst heute Abend im Hotel aufmachen." Oh Gott... ich ahne Schlimmes.

Wir wandeln weiter, die Atmosphäre ist geladen, die Lichter gehen immer mehr in Richtung Rot, die Musik ist ein Aphrodisiakum. Diese Gerüche überall... Ich leide unter Reizüberflutung. Wäre ich ein

Mann, würde ich seit drei Stunden mit einem Dauerständer herumlaufen. Stattdessen spüre ich förmlich, wie feucht es in meinem Slip wird und das ich wirklich dringend mal wieder gevögelt werden sollte. Immer wieder nehme ich seine Hand und kann nicht anders, ich fasse ihm an den Hintern, streichle seine Oberschenkel wie zufällig und bleibe vor ihm stehen um in die Nähe seiner Brustwarzen zu gelangen. Ein Küsschen hier, ein Streicheln da, ein geflüstertes „Ich will dich..." in sein Ohr, sein Gesichtsausdruck, sein süffisantes Lächeln, sein selbstbewusster Blick geben mir den Rest. Ich bleibe vor ihm stehen und sehe ihm ins Gesicht, lächle, und sage leise: „Schatz. Bitte. Schlaf. Mit. Mir. Jetzt." Herrjeh, ich war selten so verzweifelt. Er nimmt mich in den Arm und flüstert mir zu, ich müsse nur noch ein wenig durchhalten.

Gut, ich will mich zusammenreißen. Vorbei an Ständen, die Sündiges anbieten, Pornofilme zur Schau stellen, mit Mittelchen werben, falls es im Bett nicht klappt, Gleitgel verschenken und Cockringe anpreisen. Vor uns ein Menschenauflauf, über uns eine Bühne mit zwei Laptänzerinnen, die sich um Stangen wickeln. Leuchtende Männeraugen. Techno im Hintergrund, harte Rhythmen. Nichts für mich. Zu kalt, zu professionell. Ein wenig Gefühl braucht es für den Sex schon. Und doch, die Lust lässt mich nicht los. Ich entdecke ein Schild, einen Wegweiser zum „Erotikino". Ich mache ihn darauf aufmerksam, und glaube endlich verstanden zu haben, was er zuvor mit „ein wenig Geduld" meinte. Wir folgen dem Wegweiser, er führt zu einigen Séparées, abschließbare, kleine Räume. Zögernd bleibe ich vor einer Tür stehen. „Komm, hier ist niemand.", flüstert er und lockt mich mit einem Zwinkern. Wir treten in den kleinen Raum, es ist tatsächlich wie ein Zweimannkino. Kaum beleuchtet, mit einer kleinen Leinwand, die erotische Szenen zeigt. „Was ist das hier?", frage ich unsicher. An der Wand ein Kondomautomat und ein Tischchen mit Kleenex. Will er etwa hier vögeln?? Ich gehe auf ihn zu, schlinge meine Arme um seinen Nacken und küsse ihn langsam. „Passt das Ambiente?" Er drückt und knetet meine Brüste, beißt mir in den Hals, ich schaudere. Die Gänsehaut beginnt am Hals und endet in den Fußspitzen. Er setzt sich auf den Kinositz, bittet mich auf seinen Schoß. Doch statt ihm zu gehorchen, kniee ich mich vor ihn und knöpfe die Hose auf, sein Glied ist geschwollen und wartet nur so darauf, in den Mund genommen zu werden. Langsam und vorsichtig lecke ich daran, er zuckt heftig, und ich dachte, nur ich sei spitz. Er nimmt meinen Kopf zwischen die Hände und stößt vorsichtig in meinen Mund, während ich die

54

Zunge vor und zurückschnellen lasse. Ich will ihn, ich will ihn in mir spüren, vergewaltigt werden. Ich stehe auf und ziehe nur die Unterhose unter dem schwarzen, praktischen Kleidchen aus. Langsam setze ich mich auf seinen Schoß, wie von allein findet er seinen Weg, ich stöhne auf, als er in mich hineingleitet. Ich liebe diesen Augenblick, und er weiß es. So hebt er mich wieder und wieder an, geht aus mir heraus und dringt immer wieder in mich ein. „Du bist ja klatschnass…", raunt er mir ins Ohr während ich mich kaum halten kann, laut zu stöhnen. „Steh auf und dreh dich um!" Nichts lieber als das. Stumm sehe ich ihn mit verengten Augen an, bevor ich mich ein wenig zu langsam erhebe, mich auf die Lehne des Sessels stütze und das Kleid bis auf die Hüften hochziehe und ein wenig das Becken hebe. Er packt meinen Hintern, noch einmal dasselbe Spiel. Ganz rein, ganz raus. Rein, ein paar Sekunden warten lassen, dann ein heftiger Stoß, ich beginne, mich selbst zu berühren, und beiße mir selbst in die Hand, als ich komme. Auch er ist soweit, das verkrampfte Stöhnen, das „Ja, ja, jetzt…" Dann ein kehliger Laut, ein letzter Stoß, ich spüre, wie er sich in mir ergießt. Wir lassen uns aufs Sofa fallen. „Machen wir eine Pause…?", flehe ich und lächle wahrlich befriedigt. „Ja, aber vergiss dein Geschenk nicht." „Willst du mir nicht endlich sagen was es ist?" „Nein, warte es ab…".

IX

„Bitte sag mir was es ist... sonst krieg ich Angst...", bettle ich. „Nee nee, noch nicht, nachher, im Hotel, ok?" „Ufff... bitte..." „Nein. Aber keine Angst, es tut nicht weh. Höchstens ein bisschen." Oh Gott. So langsam bekomme ich Beklemmungen. Nagut, vielleicht sind wir ja heute Abend so müde, dass wir überhaupt nicht mehr in der Lage sind, irgendwelche fiesen Sachen mit unseren Körperöffnungen zu veranstalten.

Arm in Arm und einigermaßen gestillt wandeln wir durch die Messe, lachen uns über einige Ideen der Veranstalter halb tot und kommen müde aber vergnügt um halb sieben am Parkplatz an. Meine Kleine fehlt mir. Einen Moment lang bin ich traurig, denke sehnsüchtig an mein Baby, und hoffe, dass es ihr gut geht. „Schatz, was ist los?" reißt Chris mich aus den Gedanken. „Ach nix... ich dachte an Nora... sie fehlt mir... ihr geht's doch gut bei deiner Mami oder?" „Ja logisch... ruf sie doch an!" Ihr Gebrabbel ist Musik in meinen Ohren. Und ihre Omi beruhigt mich: Sie war den ganzen Tag über soo lieb, hat nie geschrien, brav gegessen, und wir sollen um Himmels willen nicht nach Hause kommen, da sich die beiden einen „Frauenabend" machen wollen. Na dann! Etwas glücklicher als fünf Minuten vorher lege ich auf und wir fahren aus dem Messegelände heraus Richtung Zentrum.

Unser Hotel liegt direkt in der Innenstadt. Wir checken ein und suchen unser Zimmer. Ich bin todmüde. Und hungrig. Aber immer noch total von den Eindrücken der Messe überdreht. Wir sind im Fahrstuhl und knutschen wie die Teenager. Er drängt mich in eine Ecke und drückt sein Becken gegen meins. In der Ecke steht die beängstigende Tüte, ich wüsste nur zu gerne was drin ist. Der Fahrstuhl hält, zwei ältere Herrschaften steigen zu, jetzt sollten wir uns wohl benehmen. Er kann es nicht, als sie sich einen Moment umdrehen, raunt er mir zu: „Komm her, du Schnitte!" Ich grunze vor Lachen, Gott, wie peinlich. Endlich im fünften Stock steigen wir aus und biegen uns. „Mann, hör auf... ich kann nicht mehr..." Mein Bauch tut weh vor Lachen. „Hast du das Gesicht von der Frau gesehen??" „Ja ja, sie war ganz angetörnt. Kein Wunder bei der Beule die du in der Hose hast!"

Ich bin versucht, mich einfach auf die gefühlten fünf Quadratmeter Bett fallen zu lassen, doch dann entschließen wir uns zu einem Aperitif und anschließendem Abendessen in der Innenstadt. Es ist ein nahezu frühlingshafter Abend, die Luft ist lau und frisch. Wir drehen eine Runde durch das belebte

Zentrum, gehen in die erstbeste, einladende Bar und bestellen zu trinken. Eine Weile sitzen wir uns gegenüber, halten Händchen, verliebte Blicke, reden von heute, machen uns über Leute lustig, sind entspannt. Bis ich plötzlich hinter mir ein „Hallo Simone!" vernehme. Mich trifft beinahe der Schlag, als ich mich umdrehe und in drei allzu bekannte Gesichter blicke. Ich sehe mich mit meinem Exmann und seinen Eltern konfrontiert. Scheiße. Mit allem hatte ich gerechnet, aber nicht damit. Chris sieht erst mich an, dann sie, der Reihe nach. Ich stehe einen Moment lang unter Schock, weiß nicht, wie ich reagieren soll, bin gelähmt. Ich stehe auf und weiß nicht, was ich tun soll, Angriff ist die beste Verteidigung, ich lächle seinen Eltern ins Gesicht, sein Vater sieht wie immer gutmütig drein, in den Augen seiner Mutter blitzt der Zorn. Er sieht mich nur mit großen Augen traurig an, ich kann kaum hinsehen. Dann stelle ich sie einander vor. Was für eine Scheißsituation, ich sitze zwischen tausend Stühlen. Chris ist freundlich, wie immer, doch ich merke, wie unangenehm die Sache ist.

Sie erzählen, dass sie einen Ausflug gemacht haben, jetzt essen und anschließend nach Hause fahren werden. Sie fragen mich, wie es mir geht. Sein Blick lässt mich nicht los, mir wird ganz komisch. Ich habe ihn seit der Scheidung nicht mehr gesehen, und ausgezogen bin ich, als er bei der Arbeit war. Vielleicht hätte ich mich ihm vorher stellen sollen, dann wäre das Ganze jetzt nicht so schrecklich, so peinlich. Ich weiß nicht, wie er sich fühlt, er weiß ja nicht mal, dass wir ein Kind haben. Ich will nicht von meiner Vergangenheit eingeholt werden, er soll gehen und mich in Frieden mein zweites Leben leben lassen. Nach ein paar peinlichen Minuten steht Chris auf und geht unsere Drinks bezahlen. Ich bin alleine mit meiner Vergangenheit, mit den Menschen, die ich Knall auf Fall verlassen habe und von denen ich mich nicht mal verabschieden konnte oder wollte. Sie haben mir damals viel bedeutet, aber die neue Liebe war wichtiger. Ich verspüre einen Moment lang Sehnsucht, doch er dauert nur ein paar Sekunden. Seine Mutter würde mich gerne mit Fragen bombardieren, mich ein wenig fertig machen, doch sie ist klug genug und drängt zum Aufbruch. Sie verabschieden sich, doch der Blick und das „Tschüß!" meines Exmannes versetzen mir einen heftigen Stich. Mein Kinn zittert und meine Knie werden weich, als sie aus der Tür gehen und verschwinden. Ich war nicht darauf vorbereitet. Mit ungewollten Tränen in den Augen setze ich mich auf einen Barhocker und warte auf ihn. „Alles ok?" Gott sei Dank, er ist da. „Ja, lass uns nur bitte schnell gehen!" Meine Stimme zittert. „Ok, komm." „Schatz... können wir nicht im Hotel essen...? Ich will ihnen nicht nochmal über den Weg laufen... bitte entschuldige..." Er hat Verständnis, wie immer. Wie zwei Diebe stehlen wir uns davon, dabei wäre es nicht mal nötig. Wenig später sind wir in der Hotellounge, setzen uns als die einzigen Gäste in das kleine Restaurant und studieren die Karte. Der Abend ist ja sowas von im Arsch, hätten sie nicht sonst wohin gehen können? Ausgerechnet heute, an unserem freien Abend, an dem alles so romantisch verlaufen sollte...

Er sieht mich skeptisch an. „Ist alles ok?" „Nein.", antworte ich, „Ich hätte gern darauf verzichtet, sie zu sehen. Seine Mutter hasst mich..." „Damit musstest du früher oder später rechnen. Sie waren sicherlich auch alles andere als glücklich." „Hast du gesehen wie sie mich angeschaut hat? Als ob sie mich töten wollte!" „Du hast ihren Sohn betrogen und verlassen. Was hast du gedacht, dass sie dich lieb hat und in den Arm nimmt?" „Ich erwarte gar nichts von niemandem!", antworte ich trotzig, „Ich war einfach nicht darauf vorbereitet und es hat wehgetan, sie zu sehen!" Er sieht mir in die Augen. „Sind da noch Gefühle im Spiel?" „Nein, ich liebe ihn nicht mehr, spinnst du? Ich liebe dich und sonst niemanden, ich glaub' es hackt!" Oh shit, ich lasse es an ihm aus.

Verdammt, wieso reagiere ich immer so heftig? Ich nehme seine Hand und bitte ihn um Entschuldigung. Ich beuge mich über den Tisch und küsse ihn zärtlich, auch wenn ich weiß, dass ich es so nicht gutmachen kann. Er lässt den Kuss zu, erwidert ihn jedoch nicht. Mein Magen zieht sich zusammen, der Appetit ist mir inzwischen vergangen. Das Essen wird serviert, doch ich bringe nichts herunter. Schweigend stochere ich darin herum, einen Knoten im Hals und angestaute Tränen in den Augen. Er spricht nicht und wir sehen uns nicht an. Ich versuche, ihn anzulächeln, doch die Stimmung ist im Keller. Wären wir zu Hause, würde ich aufstehen und für eine Weile das Weite suchen.

„Schatz bitte... Machen wir das Beste aus dem Abend. Tut mir leid, dass mich das Ganze so umgehauen hat. Ich liebe dich, bitte glaub mir, mir würde nicht mal im Traum einfallen, zu ihm zurückzugehen, echt... Nur manchmal tut die Vergangenheit eben weh, ich hatte ja auch nicht viel Zeit um das Ganze zu verdauen." „Brauchst du denn noch Zeit?" Er ist zornig. „Willst du dir mehr Zeit nehmen um darüber hinwegzukommen? Vergiss bitte nicht, dass wir inzwischen eine Familie sind, wir sind nicht mehr alleine, also lass die Vergangenheit ruhen und konzentrier dich auf uns. Das ist jetzt dein Leben. Und ich will es mit dir verbringen, ohne dabei an

Gedanken an die Vergangenheit verschwenden zu müssen." „Ich brauche keine Zeit, dafür ist es jetzt eh zu spät! Ich will mit dir zusammen sein, es gibt nichts Besseres, du und Nora, Ihr seid mein Leben... aber wie würdest du dich fühlen, wenn *sie* jetzt plötzlich auftauchen würde?" „Es wäre mir scheißegal!" „Bist du dir da so sicher? Wärst du nicht auch einen Moment verunsichert?" „Nein, weil ich weiß, dass ich nur dich will!" Gott, wie kann man nur so dickköpfig sein... es bringt nichts, diese Diskussion führt doch zu nichts. Ich stehe auf. „Wo willst du hin?", fragt er mich. Ich will nirgendwo hin. Jetzt oder nie. Ich frage ihn einfach. Er wird mich gleich auslachen, doch es ist mir egal. Ich sehe ihm in die Augen, nähere mich seinem Stuhl, und knie mich davor. Aus dem wütenden Gesicht wird ein Grinsen. Ich nehme seine Hand. „Was hast du bitte vor?", lacht er. „Nichts mein Schatz... ich weiß, du willst nicht mehr heiraten..." Er streichelt meine Wange. Ich versuche es noch einmal. „Mein Schatz ich liebe dich. Du bist mein Leben. Bitte verbring es mit mir, bitte werde mit mir alt. Mehr will ich nicht. Ich kann dir nichts versprechen, aber ich denke, wir werden das ganz gut miteinander hinkriegen." Sein glückliches Lachen ist für den Moment Antwort genug. Wir stehen auf, er küsst mich zärtlich, wir umarmen uns und lassen uns nicht mehr los. Der Abend ist gerettet, und unser zweites Leben auch.

X

Hab ich schon mal von seinen Augen geschwärmt, wenn er mich nach einem Kuss ansieht? Voller Wärme, voller Begierde nach dem Bisschen mehr, ihr Leuchten bringt mich zum Schmelzen... und die Liebe ist erfüllend. Ich fühle mich verletzlich, schwach, weich, er hat mich in der Hand. Seine Hände könnten mich umbringen, so verliebt bin ich, doch sie streicheln mich zärtlich, jede Berührung ist so viel wert und tut so gut. Seine Umarmung nach diesem kurzen Streit schenkt mir Frieden und Ruhe. Es ist fast schon pathetisch, sich auf so vielen Ebenen so gut zu verstehen.

„Lass uns aufs Zimmer gehen. Dein Geschenk wartet." „Ich weiß nicht, ob ich noch viel Lust auf Sextoys habe..." „Wer redet denn von Sextoys? Wirst gleich sehen, dass es jetzt ganz anders zur Sache geht. Hehehe..." Ich sehe ihn schief an. Diese ominöse Tüte mit dem geheimnisvollen Inhalt hatte ich gerade im Sturm der Ereignisse erfolgreich verdrängt. Ich will nicht mit Vibratoren spielen und mich nicht von Plastikfigürchen vergewaltigen lassen. Ich will ihn spüren. Vertrauten Blümchensex, und dann in seinen Armen einschlafen und diesen Abend ganz schnell vergessen.

Auf dem Zimmer lege ich mich bäuchlings aufs Bett und sehe ihn erwartungsvoll an, als er mir feierlich die pinke Plastiktüte überreicht. „Schatz ich hab Angst…" „Los mach auf… ich will doch nur spielen…"

Keine Sextoys. Keine Handschellen oder Peitschen. Keine Reizwäsche. Es ist ein Spiel. Ein Wahrheit- oder- Pflicht-Spiel, um die sexuellen Phantasien des Partners kennenzulernen. „Was ist das?" frage ich belustigt, „Sexual Pursuit?" Ich packe es aus. Wir machen es uns auf dem Bett bequem, die Spielregeln sind einfach und der Gewinner darf sich – wie könnte es auch anders sein - was Nettes vor dem Einschlafen wünschen…

„Beschreibe ihr Geschlecht!", lese ich vor. „Hübsche Frisur, immer perfekt gestylt, wie sie selbst, rosa und eng. Ich bin dran: Was hältst du von Sex an fremden Orten und wie stellst du ihn dir vor?" „Ich halte viel davon, nur leider ist er meistens hektisch aber dafür sehr aufregend… Ok… welche erotischen Filme gefallen dir?" „Mit Pornos kann ich nicht viel anfangen. Aber es gibt manche guten Szenen in Filmen, zum Beispiel In the Cut… Oh cool, Pflichtaufgabe: Berühre dich vor deinem Partner so lange, bis du kommst!"

Geht's noch? Mich hier vor ihm auf dem Bett selbst befriedigen? Doch dann entledige ich mich meines T-Shirts, lege mich zurück, lege mir ein Kissen unter den Hintern und fange tatsächlich an, meine Brüste zu massieren und meinen Bauch zu streicheln. Ich lecke an meinen Fingern und ziehe sanft meine Schamlippen auseinander. Mit geschlossenen Augen streichle ich mein Geschlecht, die augenblicklich anschwillt. Ich höre ihn leise aufstöhnen, doch er rührt sich nicht. Beobachtet zu werden, während ich mich gehen lasse, erregt mich. Niemand hat mich je so gesehen. Ich reibe stärker, in schnellen Kreisen umspiele ich meinen empfindlichen Punkt. Langsam kommt das altvertraute Zucken, mein Körper verkrampft sich und ich stöhne leise, nur noch einen kurzen Moment, und ich komme kurz aber heftig und mir entfährt ein „Chris!" wie schon so oft... nur, dass er es dieses Mal gehört hat.

Nach einer kurzen Pause nehme ich ein wenig verplant die nächste Karte auf. „Oh interessant... hast du schon mal homosexuelle Erfahrungen gemacht?" „Nein, ich musste mich nur mal gegen einen wehren. Er hieß übrigens wie ich, Chris. Hat die ganze Zeit rumgeeiert, da hab ich ihm zwei Zähne ausgeschlagen." „Du Rowdy. Ok, du bist dran." „Lass dir die Augen verbinden und taste deinen nackten

Partner ab." Krieg ich eigentlich immer nur Pflichtkarten??

Er steht auf, zieht sich langsam aus. Steht halbnackt neben mir am Bett und greift nach dem blauen Schal, der über dem Stuhl hängt. Mit einem vielversprechenden Blick bückt er sich zu mir herunter und legt mir sanft den Schal um die Augen, verknotet ihn hinter meinem Kopf. Ich bin blind. Ich höre die Gürtelschnalle und ahne, dass er gerade aus der Hose steigt. Ich bin einen Augenblick lang verwirrt, als ich ihn nicht mehr höre. Dann steigt er auf der anderen Seite auf das Bett, lockt mich mit sanfter Stimme. Ich bin tollpatschig, finde nur seine Brust. Langsam gewöhne ich mich an die Dunkelheit, und beginne vorsichtig zu tasten. Sein Gesicht ist schmal, das Bärtchen stupft, die weichen Lippen küssen meine Fingerspitzen, als sie vorsichtig darüber fahren. Ich erkunde vorsichtig seinen Hals, küsse, lecke die Stelle an der ich das Muttermal vermute. Eine Weile verweile ich bei den Brustwarzen, mit denen er ab und zu sogar selbst spielt, falls der Orgasmus nicht kommen will. Ich lecke sie, er zieht scharf die Luft ein. „Hör auf sonst nehm ich dich hier und jetzt!", raunt er. Schnell weg... zum Bauch. Ich streichle den Nabel, seine Hüften, seinen Hintern. Umspiele vorsichtig seine Lenden, er reckt sich mir entgegen, ich würde mich so gerne auf ihn setzen, doch das Spiel soll nicht zu schnell enden. Ich setze mich abrupt auf, grinse und nehme den Schal ab. „Du bist dran! Was würdest du gerne in diesem Moment mit deiner Partnerin machen?" „Ich hätte große Lust, mich auf ihren Oberkörper zu setzen, mir von ihr einen blasen zu lassen und ihr in den Mund zu kommen." „Dann tu es doch!" „Steht das auf der Karte?" „Nein… ist meine Pflichtaufgabe für dich, sonst kriegst du ja nie eine!"

Ich kann mich kaum bewegen. Eigentlich gar nicht. Gefangen unter seinem Körper. Die Arme an den Körper gepresst, sitzt er auf mir, hebt meinen Kopf an und fickt mich in den Mund. Langsam aber sehr bestimmt. Rein, raus, langsam, bis in die Kehle. Ich kann mich nicht wehren, meine Zunge ist meine einzige Chance. Kleine kreisende Bewegung um die Eichel und ein wenig Verbleiben an diesem einen empfindlichen Punkt geben ihm Einhalt. Er stößt vorsichtig zu und greift mir fest in die Haare. Er zuckt, nicht mehr lange und er wird ihn selbst massieren und während ich ihn wie eine Katze lecke, wird der Rhythmus heftiger, ein kurzer Schrei, Jetzt, Ja, Jetzt, Oh Gott,… und es folgt eine Salve von Schimpfwörtern. Ich liebe es wenn er sich so gehen lässt und sich warm und süß in mich ergießt. Ich habe ihn in diesem

Moment in der Hand, wenn ich sonst eher die Untergebene spiele – in diesem Augenblick gehört er mir. Ich lache auf, während er seinen kleinen Tod stirbt. „Schatz? Alles ok?" Ich rüttle ihn sanft. Er antwortet mit zufriedenem Grinsen.

„Darf ich jetzt?" Er nimmt die nächste Karte auf. „Beschreibe den schönsten Moment, den du mit deinem Partner bis jetzt erlebt hast." „Auweia... lass mich nachdenken... da gibt's so viele... Ich denke, es war der Abend des 20. Dezember... damals, als wir zusammen abgehauen sind und allen erzählt haben, wir würden zur Weihnachtsfeier gehen. Es war der perfekte Abend. Als du mir gesagt hast, dass du mich ihm längst gestohlen hast, wurde mir klar, wie sehr ich dich liebte. Ich hatte mich schon längst in dich verliebt, aber der Moment hat mir endgültig den Rest gegeben. Ab da habe ich dir gehört, für immer..." Schweigen. Vielleicht habe ich es ihm nie so genau gesagt, was mir der Moment bedeutet hat. Ich sehe ein wenig beschämt an mir herunter. Er nimmt meine Hand. „Für mich war der schönste Moment als du mich zum ersten Mal von dir selbst aus geküsst hast. Ich hatte so sehr darauf gewartet. Bis dahin hatte ich immer den Anfang gemacht. Gott hatte ich Herzklopfen. Weißt du noch in dem Restaurant?" „Jaja, Gott haben wir uns dort immer danebenbenommen..."

„Ok, die nächste Karte… mmh… geht miteinander duschen, seift euch ein, und dann geht ins Bett, ihr seid sicherlich müde." „Das steht nicht wirklich auf der Karte!" „Hihi nee… aber es ist mein innigster Wunsch. Bitte bitte duschen und schlafen.", bettle ich.

Wir legen uns in die runde Hotelbadewanne, es ist fast Mitternacht. Ich schmiege mich an seine Brust, seine Beine umschlingen mich. Das warme Wasser, der entspannende Duft, seine leise Stimme, die sanften Streicheleinheiten. Wir erzählen, brauchen keinen Sex in diesem Moment, kleine Küsse und liebevolle Worte machen alles perfekt. „Ich liebe dich. Du bist die Liebe meines Lebens. Bitte geh niemals weg. Lass mich nie wieder allein.", flüstere ich, doch er ist schon eingenickt.

XI

Das erste zweisame Wochenende nach vielen Monaten war aufregend, lustig, aber hatte auch seine schwierigen Momente. Wer hätte damit gerechnet, ausgerechnet vom Ex überrascht zu werden?! Dann diese ganzen Eindrücke von der Erotikmesse... Es ist nahezu ernüchternd, was der Mensch beim Sex so alles mit sich anzustellen weiß, wobei die ganz normale, natürliche Liebe mit ihren vielen Varianten doch eine der schönsten ist. Vorausgesetzt, man liebt wirklich.

Die Stille im Auto ist ein wenig drückend. Ich versuche, nicht allzu sehr meinen Gedanken nachzuhängen, vor allem nach dem, was am Vorabend geschehen war. Ganz gelingt es mir jedoch nicht, die Geschichte und ihre Nachwirkungen sind schwer verdaulich. Doch schlussendlich ist es Schnee von gestern, und auch der ist längst geschmolzen.

„Du warst süß gestern Abend...", reißt er mich aus den Gedanken und ich erschrecke fast. „Wann? Als ich Blinde Kuh gespielt habe?" „Ja da auch. Nein, ich meinte deinen Antrag." Wie peinlich. Ich hatte gehofft, dass er das Ganze längst vergessen hat. Ich fummle verschämt an meinem Shirt herum. „Du hast mir ja nicht mal geantwortet... Du hast nur gelacht... Und jetzt machst du dich auch noch lustig... Ich war jung und verzweifelt, weißt du?" „Hahaahaa... Nein, ich mach mich nicht lustig. Ich fand's nur süß... Du warst so ernst dabei... ‚Ich weiß dass du nicht mehr heiraten willst, aber bitte werde alt mit mir. ' Hihihi..." „Was gibt's da zu lachen? Ich will wirklich..." „Was?" Herrgott, wann hört er endlich auf mich zu verarschen? „Mit dir alt werden. Ich meine, du bist es schon, aber..." „Du blöde Kuh!" Hehehe, eins zu null für mich. „Und, willst du mich noch lange auf eine Antwort warten lassen?" „Ich muss erst mit Nora darüber reden, ob sie es ihr Leben lang mit mir aushält. Denk nicht immer nur an dich!"

Als wir zu Mittag bei seiner Mutter sind und ich meine Kleine endlich wieder auf den Arm nehme, sie stillen darf, ist die Welt wieder in Ordnung. Ich albere mit ihr herum, möchte sie vor lauter Liebe auffressen. Irgendwann liegt sie wie ein Schluck Wasser in meinem Arm und schläft zufrieden ein. Wir packen sie in den Kindersitz, ich setze mich neben sie und wir fahren nach Hause.

„Kannst du dich an die Band erinnern, die mich zum Spielen anheuern wollte? Ist eine Weile her..." „Ja, was ist mit denen?" „Sie haben letzte Woche angefragt, ob ich noch zur Verfügung stehe." „Das heißt, du gehst öfter proben?" „Ja nicht nur..."

„Sondern?" „Sie haben gefragt, ob ich ein paar Konzerte mitspielen würde." „Was heißt ein paar?" „Sie wollen eine kleine Deutschland-Tournee machen, das heißt, ich wäre eine Weile unterwegs..." Aha, daher die Stille vorhin. Und daher die geschuldete Antwort. „Wann soll das denn losgehen?" „Nächsten Monat." „Und wie lange?" „Vier Wochen." Vier einsame Wochen. Vier Wochen ohne ihn. Vier Wochen nur Telefonate und, wie ich mich kenne, nagende Eifersucht auf die Mädels in der ersten Reihe. Vier beschissene Wochen. „Und, was meinst du dazu? Ich hab noch nicht zugesagt." „Ich weiß es nicht. Vier Wochen sind lang. Das wird echt nicht schön. Erwarte bitte nicht, dass ich Freudensprünge mache." „Ja logisch. Wenn du es nicht willst, sage ich ab." „Nein, ich will nicht dass du absagst... ich meine nur, es ist ein Monat... das ist eine lange Zeit. Und du bist weit weg. Vielleicht kann ich ja zwei Wochen ins Hotel Mama. Und nicht, dass du mir irgendwelche Groupies abschleppst!" „Mein erster und einziger Groupie bist du!" „Ja, schon klar, Rockstar!" Nun ja, ich kann kaum leugnen, dass mich der Schlagzeuger in ihm unwahrscheinlich anmacht. Vielleicht sollte ich ihn bei einem der Konzerte überraschen und ihm einen rosa Tanga auf die Bühne werfen. Wie soll ich es vier Wochen aushalten? Seit wir zusammen sind waren wir nie so lang getrennt. Ich werde kaputt gehen vor

Sehnsucht. Als wir zu Hause sind, rufe ich meine Eltern an und klage meiner Mutter mein Leid. Sie geben mir Asyl. Zwei Wochen lang darf ich an Mamas Rockzipfel hängen, dann bringen sie mich nach Hause und helfen mir dort. Ich fühle mich schuldig, aber erleichtert.

*

... „Ist es wirklich ok für dich?" Er nimmt mich in den Arm. Ich lege meinen Kopf auf seine Brust, wie so oft, vor den Abschieden. Es gab schon so viele davon. Wir küssen uns noch einmal. Ich kann ihn nicht loslassen. Er soll bleiben. Er soll nicht aus der Ausfahrt rausfahren. Mir treten die Tränen in die Augen, ich schlucke sie herunter. „Pass auf dich auf, ok? Und jetzt fahr, sonst heule ich noch." Ein letzter Kuss, dann setzt er sich ins Auto und fährt zögerlich davon. Ich kann nicht hinsehen. Er hält an, steigt aus und kommt auf mich zu. „So kann ich nicht gehen. Nicht wenn du so traurig bist." Ich lächle unter den Tränen. Dieselbe Szene hatten wir doch schon mal. Vor vielen Jahren, in unserer Ecke hinter der Kirche. Er hatte sich schon umgedreht um zum Bahnhof zu gehen, ich war wie immer todunglücklich, da ist er zurückgekommen, für den letzten Kuss. So ist es auch dieses Mal. Diese letzten, aber wirklich allerletzten Küsse, sind Liebesschwüre. Sie wiegen schwer, ohne sie kann man kaum überleben. Nun kann ich ihn gehenlassen.

Ich habe mich zu sehr an seine Nähe gewöhnt. Das leere Bett in der ersten Nacht gibt mir den Rest. Wie ein Teenager ziehe ich sein T-Shirt an und weine mich in den Schlaf. Da hilft auch stundenlanges Telefonieren nichts. Er erzählt von seinem ersten Konzert, es war ausverkauft. Sie touren im Bus von einer Stadt in die nächste. Von Norden nach Süden. Kiel, Hamburg, Hannover, dann Richtung Osten, Leipzig, Dresden, weiter in die Mitte Richtung Frankfurt, Köln, Mannheim, Karlsruhe... jeden Abend eine andere Stadt. Ich war nie ein großer Blackmetal-Fan, doch in diesen Nächten tröstet mich die harte Musik.

Nach einer Woche, in der ich mich wie ein Schatten meiner selbst fühle, fasse ich einen Entschluss. Ich werde zu einem Konzert gehen. Meine Eltern zeigen Verständnis, lieber spielen sie zwei Tage Babysitter als weiter mit einem tristen Nervenbündel zu leben. Über Ebay erstehe ich eines der letzten Tickets für ein Konzert in der Nähe von Frankfurt. Drei Stunden Zugfahrt und dann mit einem Bus zum Konzert, das irgendwo in der Pampa stattfindet. Vier Stunden unterwegs, um ihn endlich zu sehen. Der Zug ist gesteckt voll. Zu meinen Studentenzeiten war ich es gewöhnt und ich fühle mich fast zurückgesetzt in die Zeit, als ich meiner Lieblingsband hinterher reiste. Ich war ein Groupie, tat alles um einen Typen kennenzulernen, um anschließend von ihm enttäuscht zu werden. Doch dieses Mal geht's nicht um einen Fremden. Es geht um ihn, ich will zu ihm und nichts wird mich aufhalten. Ich sehe aus dem Zugfenster, die platte Landschaft fliegt vorbei, setze die Kopfhörer auf, fühle mich seltsam aufgeregt, immer wieder schlucke ich trocken und je mehr ich mich meinem Ziel nähere, desto nervöser werde ich.

Frankfurt. Ein riesiger Bahnhof. Ich bekomme immer wieder Nachrichten von ihm, lüge das Blaue vom Himmel, er soll nicht wissen, dass ich bereits in seiner Nähe bin. Ich renne Richtung Busbahnhof und bin genau eine Minute zu spät dran. Ich sehe noch die Rücklichter von dem Bus, der mich an den Stadtrand von Frankfurt bringen sollte. Der nächste fährt in einer Stunde, das heißt, ich komme gerade noch rechtzeitig rein. Hoffe ich zumindest.

Der Bus kommt, ich steige mit einer Horde schwarz gekleideter Hessen, die schon ordentlich vorgetankt haben, ein. Nette Gesellschaft, vor allem, weil sie mich anglotzen als käme ich von einem anderen Stern. Das Mädel neben mir ist vielleicht gerade mal achtzehn, aber sieht schon ziemlich fertig aus für ihr Alter. Stinkt wie ein Fass Bier und hat glasige, schwarz geschminkte Augen. Ich bin es nicht mehr gewöhnt, von besoffenen Deutschen umgeben zu sein. Sie sind peinlich und anstrengend. Sei's drum, eine Dreiviertelstunde später stehe ich in einer Riesenschlange vor der Konzerthalle. Ich fühle mich so fehl am Platze wie selten. Es ist kurz vor sieben, ab neun Uhr spielt er mit seiner Band als Vorgruppe, anschließend das eigentliche Konzert. Ich stehe mir die Beine in den Bauch und fühle mich nur noch einsam. Was tu ich hier eigentlich? Ich sollte zu Hause sein bei Nora, bei meinen Eltern und nicht hier. Und doch, die Entscheidung fühlt sich seltsam richtig an. Ich muss irgendwie in die erste Reihe kommen, sonst geht das Ganze sang- und klanglos von der Bühne, ohne das er mich überhaupt sieht.

Endlich, eine geschlagene Stunde später, gehen die Tore auf. Die Menge strömt herein. Ich mittendrin. Es wird geschubst und gedrängelt, ich kann mich kaum bewegen wie ich möchte. Ein Typ fasst mir an den Hintern, ich glaube, ich hau ihm gleich eine rein. Als ich mich umdrehe und einem Schrank von einem Meter achtzig ins Gesicht sehe, der mich angrinst, überlege ich es mir anders, drehe mich um und suche mit viel Ellenbogen und wenig Fingerspitzengefühl den Weg Richtung Bühne. Ich habe es geschafft. Ich stehe in der ersten Reihe mit direktem Blick auf das riesige Schlagzeug.

Das Licht geht aus. Es ist dunkel. Nebel, Feuer, an alles haben sie gedacht. Ohrenbetäubendes Pfeifen, Schreie aus dem Publikum, Klatschen, die Leute flippen aus. Im Dunkeln spüre ich wieder eine Hand, die mich scheinbar zufällig berührt, ich hoffe nur, es ist nicht dieses Monster von vorhin. Zwei Stunden ertrage ich den Schrank und seine plumpen Anmachen nicht. Endlich, die Band kommt auf die Bühne gerannt, und mir springt das Herz fast aus der Brust, als ich ihn hinter dem Schlagzeug erkenne. Er gibt alles, ist konzentriert, einen Moment lang vergesse ich den ganzen Frust der letzten Tage und lasse mich mit der Menge gehen. Ich klatsche, hüpfe, schreie mit dem Publikum, bin eine von ihnen, ich kenne die Lieder nicht, völlig egal, es ist ein geiles Konzert. Endlich, beim dritten Lied, sein Solo. Ich muss unwillkürlich an den Proberaum denken, wo er mir damals ein Ständchen getrommelt hat. Die Band spielt wieder mit, ich bin einen Moment lang abgelenkt, sehe dann wieder auf die Bühne und habe ihn plötzlich vor mir. Sie haben ihn vorgeholt, er steht keinen halben Meter von mir entfernt und sieht mich entsetzt an. Der Augenblick dauert wenige Sekunden, doch er gehört uns. Ich höre den Lärm nicht mehr.

Zwischen all dem Nebel sehe ich ihm direkt in die Augen. Ich strecke die Hand nach ihm aus, er berührt und drückt sie kurz, als ich plötzlich von der Seite angerempelt werde und stolpere. Ich kann mich gerade noch festhalten, sonst wäre ich unter wer weiß wie vielen trampelnden Springerstiefeln gelandet. Chris hat die Szene mitbekommen und sieht den Rempler mit einem Blick an, der töten könnte. Es folgen sieben lange, laute Lieder, doch ich halte durch. Der Schrank muss sich verzogen haben, er ist weit und breit nicht zu erkennen und ich werde auch nicht mehr in die Menge gestoßen.

Ende der Vorgruppe. Nach viel Applaus verschwinden sie nassgeschwitzt hinter der Bühne. Und jetzt? Kommen sie hierher? Mischen sie sich unters Publikum? Ich habe keine Ahnung. Das Beste wird sein, ich bleibe hier stehen und warte ab was passiert. Plötzlich werde ich angelallt: „Ey... is der Schlachzeuger dein Superstar oder wasss?" Schon wieder der Schrank... mein Güte was für eine Bierfahne! „Was geht dich das an?" schreie ich zurück. „Wenn du kein Freund has' dann werd' ich dein Schatzziii!!" „Mann, hau ab! Ich bin verheiratet und hab fünf Kinder!" Etwas Besseres fällt mir gerade nicht ein. „Is' doch gar nich' wahr! Komm wir gehen was trinken!" Er greift mir an die Schulter, ich schlage seine Hand weg, zumindest versuche ich es, doch sie liegt wie Blei auf mir. „Hee, nicht anfassen! Lass mich in Ruhe!", kreische ich. „Was denn, ich will doch nur'n bisschen Spasss..." „Den Spaß kriegst du gleich mit mir!", brüllt eine tiefe Stimme hinter ihm, der Schrank dreht sich um, hinter ihm steht ein fuchsteufelswilder Chris in Lederkluft, seinen schweren Gürtel in der Hand. „Was wills' du denn?", lacht der Schrank und will ihn von sich schubsen. Chris ist kleiner aber schneller, duckt sich unter seiner Pranke weg und donnert ihm den Gürtel gegen den Hals. Scheiße, so wütend hab ich ihn noch nie erlebt. Ich bekomme Angst und versuche, so gut wie möglich aus der Schusslinie zu kommen. Doch das Spektakel dauert nicht lange. Im Nu sind zwei Rausschmeißer da, packen die beiden und zerren sie aus der Menge Richtung Ausgang. Ich versuche ihnen zu folgen, aber ich komme kaum nach. Ich muss mich durchboxen, verliere sie aus den Augen, nein, da sind sie, geschafft, ich bin draußen und renne zu ihnen. Sie streiten mit den Ordnungshütern, der eine zückt bereits das Telefon, um die Polizei zu rufen. Ich nähere mich vorsichtig, der Schrank dreht sich um. „Da is' ja die kleine Schlampe, die is' an allem Schuld!" Das war zu viel des Guten. Chris donnert ihm einen Kinnhaken rein, dass es nur so kracht. Mein Herz klopft bis zum Hals, ich versuche ihn zu beruhigen, ziehe ihn zur

Seite, rede auf ihn ein, er schimpft wie ein Wahnsinniger und reibt sich die Fingerknochen, da kommen auch schon zwei Bullen des Weges. Das wird ja immer heftiger. Der Schrank stammelt was von „Anzeige" und „einbuchten", „blöder Wichser", „Nase gebrochen" und „Scheißweiber", während die Polizisten die Personalien aufnehmen. Nach einer langen Diskussion über Recht und Unrecht räumt der jammernde Schrank das Feld und wir bleiben allein auf dem Parkplatz vor der Konzerthalle stehen. Er hat sich beruhigt, nimmt mich in den Arm, streichelt mich, küsst mein Gesicht, ich rieche wie sehr er geschwitzt hat, berühre seine Wangen, seinen Hals, endlich ist er bei mir, ich bin mit den Nerven am Ende, lache fast hysterisch über diesen verrückten Abend. „Gott oh Gott Schatz... was machst du denn hier?!", fragt er mich noch immer völlig ungläubig. „Vorhin habe ich gedacht ich sehe einen Geist!" „Ich weiß... ich hab's nicht ausgehalten ohne dich... sei bitte nicht sauer... ich will nur heute Nacht bei dir sein, bitte... morgen fahr ich heim und verspreche dir keine Probleme mehr zu machen!" „Jetzt red doch keinen Scheiß, du machst mir doch keine Probleme... ich bin so froh dass du da bist, komm her..." Wir küssen uns. Lange, wild und innig. „Wo schläfst du heute Nacht?", flüstere ich, immer noch außer Atem. „Im Hotel. Aber ich fürchte wir brauchen ein Taxi, die Jungs fahren erst spät weg. Komm wir gehen." Arm in Arm, ohne uns auch nur einen Moment loszulassen, suchen wir den nächsten Taxistand und lassen uns zum Hotel kutschieren.

„Musst du denn nicht nochmal zu deiner Band? Und das Konzert? Es hat doch erst angefangen...", murmele ich an seine Schulter gelehnt, während wir im Taxi sitzen. „Nee, ich ruf sie nachher an. Die machen das schon. Du bist jetzt wichtiger." Ich drücke ihm einen Kuss auf die Wange. „Danke." „Danke, dass du da bist!", erwidert er und küsst mich sanft auf den Mund. Ich bin schon versucht, ihn mit der Zunge zu kitzeln, als das Taxi anhält. „So wir sind da. Zwanzig Euro bitte." Ich hatte nicht mehr in Erinnerung, wie teuer Taxifahren in Deutschland ist. Wir zahlen, steigen aus und gehen direkt aufs Zimmer. Ein wenig bescheiden eingerichtet, aber sauber. „Scheiße..." brummelt Chris und betrachtet seine Hand. „Was ist? Nachwehen vom Kinnhaken?" „Ja, es hat auch ziemlich geknirscht." „Ich dachte, das war sein Nasenbein!" „Schon, aber die Hand tut ziemlich weh...Verdammt..." „Warte, vielleicht ist hier irgendwo Eis in der Minibar... so schau, ich mach dir die Krankenschwester!" „Oh ja danke, darauf steh ich... aber ich glaube ich gehe erst duschen... dann darfst du alles mit mir machen was du willst...". Einladender

Gedanke. „Kommst du mit?" „Wohin? Unter die Dusche? Wenn du darauf bestehst..."

Sein Körper hat mir so sehr gefehlt. Ich beobachte ihn, während er sich auszieht. Ein wenig verschämt sieht er mich an und lächelt, zieht mir das Shirt über den Kopf, macht den BH auf, küsst meine Brüste und öffnet den Knopf meiner Hose. Ich ziehe sie aus, stehe nur noch im schwarzen String da. „Ich bin nicht mal dazu gekommen, dir den hier auf die Bühne zu werfen!" Ich ziehe ihn aus und werfe ihn nach ihm. „Ich werde ihn als Andenken behalten!", grinst er und hängt ihn über die Türklinke. „Bitte nach dir!" Wir steigen in die Dusche. Heißes Wasser von oben und von der Seite. Wir seifen uns zärtlich mit Duschgel ein, ich drehe mich um und er drängt mich sanft gegen die kalten Kacheln und wäscht mir die Haare. Seine Berührungen verursachen Gänsehaut, ich schnurre und schaudere. Seine Hände umfassen mich, beugen mich sanft nach vorne. „Halt dich fest...", flüstert er sanft. Ich spreize leicht die Beine und wie von selbst findet er den Weg, nimmt mich sanft von hinten, hält inne und zieht den Duschkopf vom Halter. „Was hast du vor?", frage ich verunsichert, als er anfängt, daran herumzudrehen, bis er die Massagefunktion gefunden hat. Mir wird heiß und kalt. „Genieß es einfach, ok? Und versuch nicht zu laut zu schreien..." „Nein Schatz bitte nicht... das ist zu heftig... ich..." Zu spät, er steckt in mir, hält mich mit einem Arm fest, bewegt sich vor und zurück, stößt mich vorsichtig und massiert mich gleichzeitig mit dem Strahl der Dusche. Es dauert nur wenige Sekunden, schon verkrampfen sich meine Muskeln, ich stöhne laut, beiße mir in die Hand und komme so stark, dass ich fast ohnmächtig werde. Mein Herz schlägt wie ein Schlagbohrer, ich pulsiere, doch statt aufzuhören, hält er weiter drauf und stößt weiter in mich hinein. „Schatz... bitte... ich... kann..." „Soll ich aufhören? Tu ich dir weh?" „Nein,... oh Gott..." Jetzt weiß ich endlich was es heißt, einen mehrfachen Orgasmus zu haben. Meine Güte, ich bin am Ende. Er lässt von mir ab und ich lasse mich zu Boden gleiten. „So fertig!?" Ich antworte nicht. Rache ist süß. Langsam arbeite ich mich an ihm hoch, fange das warme Wasser, das von seinem steifen Glied tropft, mit dem Mund auf. Scheinbar zufällig streife ich mit der Nase daran. Er zuckt, stöhnt leise und lehnt sich an die Wand. Mit der Zunge beginne ich in langsamen kreisenden Bewegungen seine Eichel zu umfahren und nehme ihn zwischen die Lippen. Mit der Zungenspitze spiele ich vorsichtig daran, mache dann den Mund weit auf und nehme ihn, so tief es mir gelingt, in mir auf. Ich sauge und massiere ihn mit der Zunge und meinen Fingern, lecke ihn, spiele, zögere hinaus und komme schließlich zu einem Punkt, den ihn umbringen wird. Ich stehe auf, nehme den Duschkopf in die Hand und lasse den Massagestrahl auf seine Brustwarzen spritzen. Lautes Stöhnen. Währenddessen beuge ich mich herunter, nehme sein Glied in die andere Hand, halte es fest und spiele mit der Zunge an dieser höchstempfindlichen Stelle, bis er beinahe in die Knie geht und mir mit einem Schrei in den Mund kommt. Ich schlucke. „So fertig?", frage ich mit einem Grinsen, während er seine letzten Kräfte sammelt und beinahe taumelnd aus der Dusche steigt.

Mit glasig-verliebten Augen sehen wir uns an und lachen wie die Verrückten. Was für ein Abend. Ich bin todmüde, trockne notdürftig meine Haare, packe Eis auf seine immer blauer werdende Hand und lege mich neben ihn. „Mit dem Bluterguss kann ich nicht spielen..." „Und jetzt? Schatz es tut mir so leid..." „Hallo, *ich* bin ausgeflippt. Ich rufe die Jungs an, ich kenne jemanden, der mich sicherlich vertritt. Und morgen fahren wir nach Hause. Das hat keinen Sinn." Verdammt, ich habe ihm die Tournee versaut. Ich fühle mich beschissen. Er sieht mich an, streichelt mich sanft. „Mach dir keine Sorgen. Wirklich nicht. Ich sorge für Ersatz und lass mich für die Konzerte von der letzten Woche bezahlen. Ich bin fast froh, dass es so gekommen ist. Ich hatte solche Sehnsucht nach dir und Nora, dass ich fast daran kaputtgegangen bin. Morgen nehmen wir den Zug nach Stuttgart, holen das Auto und sind in Nullkommanix bei deinen Eltern. Vielleicht bleiben wir noch ein paar Tage, wenn es für sie ok ist..." Ich bin so erleichtert, keine weiteren drei Wochen, keine Schuldgefühle, nur eine vernünftige Entscheidung und eine verstauchte Hand. Es hätte schlimmer kommen können.

XII

„Schatz hör' mal, das wär's doch!" „Was denn?",
fragt er und beschleunigt so heftig, dass ich das Gefühl
bekomme, eins mit dem Beifahrersitz zu werden.
„Hey... so kann ich nicht lesen!" „Zeig mal, was hast du
denn? Neue Pornoseite entdeckt?" „Blödmann... nein,
Classic 911. Porscheausflug von Freiburg durch die
Schweiz! Wie cool!" „Und wann?" „Am Wochenende
um den 1. Mai. Also... Abends Treffen im Stadtzentrum
von Freiburg, dann über die Schauinslandstrecke
durch den Schwarzwald, Rheinüberquerung in die
Schweiz, Glaubenbergpass, Grimselpass,
Übernachtung in einem Hotel am Fuße des Rhone-
Gletschers in Gletsch. Von dort aus geht es am
nächsten Tag über den Furka- und Oberalppass. Dort
beginnt das Tal des Vorderrheins und es geht weiter
bis Carrera und von dort nach Schruns ins Montafon.
Am nächsten Tag entweder Wellness oder Ausfahrt
über die Silvretta-Hochalpensstrasse. Und tags darauf
fahren alle heim. Wie coool!" „Sind noch Plätze frei?"
„Woher soll ich das wissen? Hier steht nichts wegen
Anmeldung... Ach doch, man muss eine Email
schreiben..." „Irgendwo ist sicher auch eine
Telefonnummer. Ruf einfach an." Ich suche den
Kontakt. „Hihi, die sind in Frankfurt... muss ein Zufall
sein." „Ok, los ruf an!" „Hast du denn noch Urlaub?"

„Schatz ich habe zwei Monate unbezahlten Urlaub, schon vergessen? Tournee, abgesagt? Erinnerst du dich?" „Ach ja, da war was...", grinse ich. Die letzte Nacht war wohl doch ein bisschen zu viel für mich. Ich habe zwar geschlafen wie ein Stein, stehe aber immer noch ein bisschen neben mir. Dazu sind wir heute in aller Herrgottsfrühe aufgestanden um den ersten Zug Richtung Stuttgart zu nehmen, sein Auto zu holen und befinden uns nun auf dem Rückweg nach Hause, wo meine Eltern mit Nora warten. Am späten Nachmittag werden wir dort sein, ich habe sie bereits vorgewarnt, dass wir wieder zu zweit sind und wir ihnen nicht ewig zur Last fallen werden. Ich wähle die Nummer vom Porscheverein, eine freundliche junge Frau antwortet in breitestem Hessisch. Ich kann den Dialekt nach der Erfahrung mit dem Schrank von gestern Abend nicht mehr hören... wie auch immer, ein paar Plätze sind noch frei, wir sind herzlich willkommen und sie reserviert uns auch die Hotelzimmer mit Kinderbettchen. Chris grinst von einem Ohr zum anderen, freut sich wie ein Schneesieber, hält an der nächsten Tankstelle an um mich zu küssen. „Du hast doch erst getankt!" „Ich will auch nicht tanken! Ich wollte dir nur einen Kuss geben, huii ich freu mich so! Hoffentlich haben wir gutes Wetter... das wird geil... hoffentlich bekommt Nora die Fahrt..." „Ach komm, sie schläft doch immer und auf der Herfahrt hat sie nicht mal gekotzt... das wird schon gehen!"

*

Um drei Uhr nachmittags, früher als gedacht, kommen wir bei meinen Eltern an. Das Wetter ist herrlich. Meine Mutter spielt mit Nora im Garten und umarmt uns herzlich. Ich erzähle ihr was vorgefallen ist, die ganze Story mit dem Rowdy, Chris' Boxeinsatz, sie will schimpfen, doch dann lacht sie, gibt mir eine Salbe und lässt mich ihn verarzten. Wir setzen uns an den Tisch im Garten. Nora sitzt auf Chris' Schoß und spielt an seinen langen Haaren herum. In einem kurzen, stillen Moment sieht sie ihn mit ihren blauen Kulleraugen an und brabbelt: „Papa." Man könnte eine Stecknadel fallen hören. Er hat feuchte Augen. „Ja mein Schatz..." Er streichelt das kleine Gesicht, ist hin und weg und wischt sich verstohlen eine Träne aus den Augenwinkeln. Dann drückt er sie an sich, ich sitze daneben und habe trotz der sommerlichen Temperaturen eine Gänsehaut. Ihr erstes Wort. Papa. Gott bin ich glücklich. Meine Eltern sind gerührt, einen besseren Zeitpunkt hätte sich die Kleine echt nicht aussuchen können.

Den nächsten Tag verbringen wir damit, die Koffer zu packen und das Auto zu putzen. Geschlagene zwei Stunden verbringt er damit, jeden Krümel wegzusaugen, das Armaturenbrett zu entstauben, die Sitze auf Hochglanz zu bringen. Ich versuche, ein paar ironische Kommentare an den Mann zu bringen indem ich ihm anbiete, den Lack mit meinem Hintern zu polieren, aber er geht nicht darauf ein. Er ist völlig in seiner Welt, das Auto wird so sauber wie selten zuvor, und ich verspüre fast ein wenig Eifersucht auf sein „Schätzchen". Als wir abends ins Bett gehen, frage ich ihn, ob er ihr nicht vielleicht noch einen Gutenacht-Kuss geben möchte. „Ach hör auf, du spinnst doch!" „Na, so wie du dich heute ins Zeug gelegt hast... man könnte ja fast meinen, du bist mehr in dein Auto als in mich verliebt!" „Das Auto zickt zumindest nicht rum!", lacht er und nimmt mich in den Arm. „Klar bei soviel Aufmerksamkeit!" „Ach Maus... bist jetzt frustriert? Willst du shoppen gehen? Aber lass die Kreditkarte hier!" „Mmh... ist schon eine Weile her... und ich hab nix Passendes für das Porschetreffen... was zieht man denn da an?" „Wie wärs mit einem roten Kleid? Das gibt einen guten Kontrast zum Silbergrau!" „Ja, aber du weißt schon, dass ich dann noch die passende Tasche und Schuhe brauche, oder?"

Gesagt, getan. Viele Läden gibt es in dem Städtchen nicht, doch sie haben das Nötigste. Am

90

nächsten Morgen ziehen meine Mutter und ich mit Nora im Baggy durch die Innenstadt und machen die Läden unsicher. Ein rotes Sommerkleidchen für mich, rote Höschen und ein passendes T-Shirt für die Tochter. Sie sieht so niedlich darin aus. Passende Sandalen habe ich gleich gefunden, auch das Handtäschchen ist kein großes Problem. Bei der Unterwäsche kann ich mich allerdings kaum entscheiden... Schwarz? Rot? Am besten beide. Vollbepackt und um zweihundert Euro ärmer treten wir den Heimweg an. Wenn ich daran denke, was ich früher beinahe täglich eingekauft habe, ist das gar nichts. Aber diese Sucht habe ich Gott sei Dank hinter mir gelassen. Es gibt so viel Schöneres, als das Geld über den Ladentisch wandern zu sehen. Meine Mutter bleibt plötzlich stehen. Geradeheraus, was sonst gar nicht ihre Art ist, fragt sie mich: „Simone... bist du glücklich mit ihm?" „Ja und wie... wieso fragst du?" „Das was bei dem Konzert passiert ist... hat er sich wirklich wegen dir geprügelt? Oder ist da noch irgendwas passiert, was ihr uns nicht erzählt habt?" „Mutti... ich wurde von einem fiesen Typen erst angegraben und dann begrapscht. Er hat es von der Bühne aus beobachtet und ist dann ins Publikum gekommen, als der andere zudringlich wurde. Gott sei Dank war er da. Dann wurden die beiden rausgezogen und der andere hat mich eine Schlampe genannt. Da

ist er ausgerastet und hat ihm eine verpasst. Bitte...
wenn er nicht gewesen wäre hätte der andere
vielleicht sonst was mit mir angestellt!!" „Hast ja
recht, entschuldige. Ich will nur sicher sein, dass es dir
gut geht." Ich umarme meine Mutter. „Danke. Bitte
vertrau ihm. Er ist der einfühlsamste Mensch, den ich
je gekannt habe. Er beschützt mich. Er ist immer da.
Und er ist ein toller Vater. Ich liebe ihn wirklich. Und
er mich." „Ich habe dich nie so verliebt erlebt. Und
wenn man verliebt ist, ist man verletzlich. Aber er
wird dir sicher nicht wehtun." „Ganz bestimmt
nicht...", versichere ich ihr. Sie streichelt mir über die
Wange und sieht zärtlich ihr kleines Enkelkind an.

*

Es ist fünf Uhr nachmittags. Das Auto ist
gepackt. Ich habe mich herausgeputzt. Nora strahlt
unter ihrem Hütchen hervor. Er ist schwarz gekleidet.
Frisch rasiert. Sexy. Dieses Parfüm. Diese
Sonnenbrille. Ich schmelze mal wieder dahin, als
wären wir erst ein paar Wochen, nicht schon Jahre
zusammen. In Feierstimmung setzen wir uns ins Auto,
winken meinen Eltern, er lässt den Motor aufheulen,
so dass die alte Dame auf dem Gehsteig einen Satz zur
Seite macht. Wir fahren vorbei an Dörfern und
Weinbergen Richtung Freiburg. Ich öffne das Fenster
und sauge den Frühlingsduft ein. Es riecht nach

Flieder. Es tut so gut, mit dem richtigen Menschen an der Seite zu Hause zu sein. Ein perfekter letzter Aprilabend, es ist kaum jemand unterwegs, das Licht taucht die Landschaft in warmes Gelb, ich genieße jede Sekunde bis wir in der Freiburger Altstadt ankommen. Ich kann es kaum glauben, dass sie die Innenstadt gesperrt haben und man auf dem Münsterplatz parken darf. Die ganze Kirche ist von Porsche umgeben. Hundert? Zweihundert? Ich kann es kaum einschätzen. Alle Typen, alle Farben, alte, nagelneue, Oldtimer, die jüngsten Modelle, Porsche soweit das Auge reicht. Wir werden über den Platz gewunken und in eine Parklücke gewiesen. Ich kann mich kaum sattsehen. Ich will schon aussteigen, doch er bittet mich, kurz sitzenzubleiben, geht um das Auto herum und öffnet mir tatsächlich ganz gentlemenlike die Tür. Dabei zieht er mich so ruckartig aus der Tür, dass ich mir nicht mal die Blamage geben muss, mich wie eine Tonne aus dem Auto zu wälzen. „Wie aufmerksam, danke mein Schatz!" „Ja, das mit dem Aussteigen üben wir besser mal nachts!", flüstert er mir ins Ohr und beißt eine Sekunde mein Ohrläppchen. Ich kichere und genieße die Gänsehaut. Mit Nora auf dem Arm gehen wir Richtung Zelt, wo das Treffen eröffnet wird. Die Eröffnungsrede ist kurz und herzlich. Der Mann, der das Treffen eröffnet, ist kein geringerer als Uwe Sauter. Chris erklärt mir, dass er Anfang der Achtziger den Porscheflugmotor mitentwickelt hat. Tja, man lernt nie aus. Nach der Eröffnung drehen wir eine Runde über den Platz. Unglaublich, dass sie sogar dieses uralte Egger-Lohner-Mobil ausgegraben haben. Es thront auf einer Tribüne inmitten des Platzes und zieht seine Fans an wie das Licht die Motten. Unter dem Pferdekutschenähnlichen Modell prangt das Baujahr: 1898 – Porsche Nr. 1. Angeblich war es hundertzwölf Jahre lang verschollen, ist dann in einer Scheune in Österreich wieder aufgetaucht und wurde dann von Wolfgang Porsche aufgekauft. Summe unbekannt, sicher besser so. Wir gehen um diesen Urgroßvater seines Autos herum, schießen ein paar Fotos. Er fühlt sich sichtlich wohl. Die vielen Gleichgesinnten tun ihm gut, ich sehe es ihm direkt an.

Als wir die Runde um das Münster drehen, bleibe ich an einem Plakat stehen. Mich trifft der Schlag. Steven Bailey. Sie spielen heute Abend hier. Sie sind mit die witzigste Drei-Mann-Band, die Freiburg je gesehen hat. Von Country über Rock und Popmusik haben sie alles parat. Er ist ein Gott mit der Gitarre, aber mit der Geige ist er unübertrefflich. Sein Bassist Earl Hope ist zwar ständig auf Droge, raucht wie ein Schlot, aber verpasst keine Note. „Hey, du bist ja ganz aus dem Häuschen, kennst du die?" „Das waren die besten Partys meiner Jugend, glaub mir... wirst schon sehen heute Abend." Das wird ja immer besser. Ich bin richtig aufgedreht. Wir laufen weiter über den Platz, er bleibt an jedem zweiten Wagen stehen, wechselt ein paar Worte mit den anderen Besuchern, die Atmosphäre ist entspannt, ein perfekter Abend in meiner Geburtsstadt. „Boah schau mal der da drüben! Komm lass uns hingehen!" „Mmh schick, ein Neunelfer Cabriolet..." „Der glänzt ja noch mehr als deiner!" „Er ist auch schwarz... Schätz mal wieviel PS der hat!" „Keine Ahnung... dreihundert?" „Pack noch ca. zweihundertdreißig drauf!" „Fünfhundertdreißig PS?!" „Ja... hat einen Turbo S Motor..." „Wie alt ist der?" „Komm wir gehen hin und fragen! Haa, schau mal aufs Kennzeichen!" „Oh neee ich glaubs nicht... ein Südtiroler!" Wir schieben uns durch das Gedränge und sprechen den Fahrer an, der sich freut, endlich ein paar heimische Klänge zu hören. Während er mit Chris fachsimpelt, ihn einsteigen lässt und der die Welt um sich herum vergisst, setze ich mich mit Nora in den Schatten. Sie ist müde, eigentlich sollte sie so in einer Stunde schlafen gehen. Dieses ganze Herumreisen macht sie knatschig. Und doch schlägt sie sich wacker, sie wird nie krank und weint selten. Jetzt jedoch habe ich ein schreiendes Kind auf dem Arm. Ich gehe zurück zu Chris und lasse mir die Autoschlüssel geben. „Ich gehe kurz mit ihr in die

Pension und gebe ihr zu essen und wickle sie, ok?"
„Soll ich mitkommen?" „Nee ach was, schau dich ruhig
um, amüsier dich!" Das kleine Bed&Breakfast ist Gott
sei Dank nicht weit weg, nur zwei Straßen weiter.
Während ich durch die Freiburger Gassen laufe, bleibe
ich an einem Schaufenster stehen. Wir haben uns nie
viele Geschenke gemacht, wir waren uns immer
genug. Doch irgendwie habe ich das Bedürfnis, ihm
etwas zu schenken. Eine Kleinigkeit. Ein Armband?
Nee, das würde ihn beim Spielen stören. Ein Kettchen
vielleicht... Auf jeden Fall nichts Auffälliges. Und lang,
so dass er es unter dem T-Shirt tragen kann.
Kurzentschlossen gehe ich in den Laden und frage
danach. Die Dame hinter der Theke zeigt mir einige
und ich wähle ein schlichtes, filigranes
Herrenkettchen in Weißgold. Vielleicht gefällt es ihm
ja. Ich überreiche es ihm als Tapferkeitsmedaille für
seinen heldenhaften Einsatz, dann habe ich zumindest
eine Ausrede.

Ich bringe Nora ins Zimmer, lasse mir von der
Wirtin einen Babybrei warm machen, rede ein wenig
mit ihr, sie leiht mir für diesen Abend sogar ihren
alten Kinderwagen, wasche und wickle Nora und lege
mich ein wenig mit ihr aufs Bett. Sie ist zufrieden und
schläft schon kurz darauf auf meinem Bauch ein.
Vorsichtig lege ich sie in den Kinderwagen und ziehe

mich um. Abends ist es doch noch ein bisschen frisch. Eine knappe Stunde später bin ich wieder Richtung Münsterplatz unterwegs. Es ist inzwischen nach acht und das Konzert müsste bald anfangen. Ich hab richtig Bauchkribbeln... Wer weiß ob er mich noch erkennt, der Gute. Steven Bailey und seine Band waren immer in der Nähe von Freiburg unterwegs. Einmal kamen sie sogar während meiner Studienzeit nach Karlsruhe und ich bin mit meiner damaligen Freundin Sonja zum Konzert gefahren. Am Ende waren dort vielleicht zwanzig Leute und Steven war heilfroh, ein bekanntes Gesicht im Publikum zu entdecken.

Als ich ankomme, finde ich Chris bereits in bester Gesellschaft. Er sitzt in der ersten Reihe vor der Tribüne und unterhält sich mit wem? Earl. Earl Hope. Er sitzt neben ihm und grinst, raucht und trinkt ein Bier. Ich muss unwillkürlich lachen. „Hi Earl! How are you?" „Oh, fuck, hi Simone!" „I see you've already met my boyfriend!" Er steht auf und drückt mich. Chris sieht uns etwas verdutzt an, vermutlich dachte er nicht, dass ich sie so gut kenne. „Hey...", beugt sich der Lulatsch herunter, „Ist das dein Baby?" „Ja, das ist Nora." „Oh...shhht... she's sleeping! She's so sweet!" „Wo ist Steven?" „Oh...well...er musste mal für kleine Rockstars... understand?" Ich lache. „Ja ja, ok..."

Kurz darauf beginnt das Konzert und gemeinsam mit wer weiß wie vielen Porschefahrern sättigen wir uns mit Pommes und Würstchen. Sie haben tatsächlich für alles gesorgt, es gleicht einem Dorffest und die Stimmung ist bombastisch. Wir rocken mit der Musik auf den Bierbänken, Chris' Finger halten keinen Moment still. Weh scheint ihm die Hand nicht mehr zu tun. Mitten in einem Lied ergreift Earl das Wort und brummt ins Mikrofon: „Hey Steven... ich habe vorhin einen Porschefahrer kennengelernt, der Schlagzeuger ist." Steven fiedelt ein paar Noten und steigt ein: „Nein wirklich Earl... das gibt's ja nicht! Glaubst du er kann bei uns mithalten?" Chris wird knallrot und versucht, sich hinter seinem Bier zu verstecken. „Ich weiß nicht Steve... vielleicht sollten wir ihn um ein bisschen Unterstützung bitten!" „Ja, super Idee, Earl, hey come on, Chris!" Die Menge applaudiert, er steht gezwungermaßen auf und springt auf die Bühne. Ich feure ihn an. Sie wechseln drei Worte, Schlagzeugübergabe und los geht es mit "On a highway to hell". Es klingt als ob sie seit Ewigkeiten miteinander gespielt hätten. Auch um eine Zugabe lassen sie sich nicht lang bitten, „Summer of 69" folgt sogleich. Nach zwei Liedern muss er das Schlagzeug wieder an Andy abgeben, er springt von der Bühne, ich umarme ihn, bin richtig hin und weg... Der Abend könnte kaum besser verlaufen.

Gegen halb elf räumen wir lachend das Feld, verabschieden uns von Steven und seiner Band, von den ganzen Porschefahrern, die an unserem Tisch saßen und gehen in die Pension. Ich bin überdreht, aber müde. Als wir endlich im Bett sitzen und Nora bereits in ihrem Gitterbett schlummert, fällt mir das Kettchen wieder ein. „Schatz... ich hab noch was für dich." Ich nehme den kleinen Lederbeutel und setze mich auf seinen Schoß. „Was ist das denn?" „Naa, nix, Augen zu!" Er schließt die Augen und ich küsse langsam seine Stirn, seine Augen, seine Wangen, seinen Mund, lege ihm vorsichtig das Kettchen um und küsse seinen Hals und seine Brust. „Ok, du darfst schauen." Er öffnet die Augen, blinzelt ein wenig und lässt die Kette durch die Finger gleiten. „Schatz... was hast du denn gemacht? Das brauchtest du doch nicht... Das war doch viel zu teuer... Gott ist die schön... Aber wieso denn?" „Weil ich dich liebe... Mir war danach... Gefällt sie dir?" „Ja sie ist superschön... Und schön schlicht, das mag ich." „Ja, sie passt zu dem Ring von deinem Papa." Sehe ich da in zwei feuchte Augen? Ich küsse ihn, zärtlich, er ist sichtlich gerührt. Ich setze mich zwischen seine Beine, schmiege mich an seine warme Brust und genieße seine Nähe. Sauge seinen

Duft ein, ich werde ihn nie satt sein. „Schatz? Maus?",
flüstert er. „Ja?" „Ich glaube ich bin dir noch eine
Antwort schuldig..." „Und die wäre?" Ich sehe ihn mit
großen Augen an. Daran hatte ich ja gar nicht mehr
gedacht. „Ich liebe dich und egal was passiert, ich will
mit dir zusammen sein. Klar kann ich dir nicht
versprechen, was in zwanzig Jahren passieren wird.
Aber ich will sehr gerne mit dir alt und grau werden.
Und deshalb", er kramt in seiner Hosentasche,
„möchte ich dir den hier schenken."

XIII

Ich bin sprachlos. Ich hatte einfach nicht damit gerechnet. Jetzt sitze ich stumm weinend in seinen Armen und an meinem rechten Ringfinger steckt ein rotgoldener Ring. Er streichelt mir sanft durch die Haare und küsst mich immer wieder, trocknet jede einzelne Träne mit dem Finger, ich schäme mich ein wenig meines Gefühlsausbruchs, trau mich kaum ihm in die Augen zu sehen. „Danke... Entschuldige, ich wollte nicht weinen. Es ist nur... Er ist so schön...". Ich schniefe, lächle ihn mit verheulten Augen an. In diesem Moment höre ich ein kleines verhaltenes Geräusch aus dem Kinderbettchen. Ein wenig ungelenk befreie ich mich aus seiner Umarmung und wir stehen auf. Sie träumt. Auf ihrem kleinen, süßen Gesicht kann ich in der Dunkelheit ein Lächeln erkennen. „Siehst du, sie merkt es, wenn ihre Mama glücklich ist.", flüstere ich. „Ist sie das denn?" Ich drehe mich zu ihm um, umarme ihn, küsse seine weichen Lippen, den Hals, die Brust, er genießt es sichtlich. „Ich bin die glücklichste Mama der Welt. Und die glücklichste Frau der Welt. Glaub mir, meine Entscheidung mit dir zusammen zu sein, was die Klügste, die ich je getroffen habe." Ich lege seine Hand auf mein Herz. „Kannst du dich erinnern als ich es dir geschenkt habe?" „Jaja, und ich hatte schon Angst du wolltest mir einen Kratzer verpassen, der mich an dich erinnern sollte!" „Dummkopf... Ich wollte dir doch nicht wehtun!" Er führt mich Richtung Bett. „Du hast mir nie wehgetan. So komm, lass uns schlafen gehen. Morgen um neun Uhr fahren wir los. Ach und schau bei Tageslicht mal in den Ring. Ich hab was eingravieren lassen." Da kennt er mich aber schlecht, ich werde sicher nicht bis morgen früh warten. Ich gehe ins Bad, schalte das Licht an, er folgt mir. Ich nehme den Ring ab. Tatsächlich steht darin ‚Ich finde...'. „Nein, ich glaube es nicht... Die Mail mit der alles angefangen hat??" „Ja genau. Die Mail mit der wir uns gefunden haben." Er schafft es immer wieder, mich mit kleinen Gesten und Geschenken um den Verstand zu bringen. Glücklich lege ich mich ins Bett, spüre seine Hand an meiner, betaste noch einmal meinen Finger, murmele wie sehr ich ihn liebe und schlafe sofort ein. Ich bekomme es nicht mal mit, als er mitten in der Nacht noch einmal aufsteht um Nora zu beruhigen, die schlecht geträumt hat. Das fremde Bett, die ersten Zähnchen und die bevorstehende Fahrt machen sie unruhig.

Der nächste Morgen. Das Wetter ist perfekt. Keine Wolke, blauer Himmel, als wir mit fünfzehn Porsche-Oldtimern die Stadt Richtung Schwarzwald verlassen. „Komisch, dass sie uns haben mitfahren lassen. Das sind ja alles uralte Modelle!" „Wahrscheinlich nur, weil sie noch einen Platz frei hatten. Aber ist besser so. Sonst könnten wir nicht mithalten. Gib dir das mal, mit hundertachtzig Sachen und einem kleinen Kind hintendrin durch den Schwarzwald und die halbe Schweiz brettern!" „Nee, besser nicht.", antworte ich, während wir uns durch das enge Höllental schlängeln. „Oh schau mal, da oben ist der Hirsch!" „Was fürn Hirsch?? Ich seh nichts… Schatz, wenn du fantasierst, sollte ich vielleicht langsamer fahren." „Blödmann… wir sind gerade unter dem Hirschsprung durchgefahren." Endlich oben, die Aussicht über den Schwarzwald ist perfekt. Unter uns liegen die Dörfchen, wir schlängeln uns hinter den anderen durch den Touristenverkehr am Titisee und fahren weiter Richtung Feldberg. Gegen Mittag halten wir an einem Restaurant, endlich eine Pause und endlich Babybrei und frische Windeln für Nora.

Beim Essen sitzt uns ein Pärchen gegenüber, die uns schon am Vorabend beim Konzert Gesellschaft geleistet haben. Sie ist etwa in meinem Alter, er um die vierzig. Sie albert mit Nora herum und betrachtet meine Hände, während ich das Schnitzel mit Kartoffelsalat in mich hinein schaufle. „Der ist aber schön! Den hattest du gestern Abend aber noch nicht, oder?" Ich lächle. Er grinst Chris an. „Traust du dich?" fragt er ihn. „Nein, nein, das hatten wir schon! Bloß keine Ehe mehr!", versuche ich ihn zu retten. „Hast schon recht, heiraten macht es auch nicht besser. Ach übrigens", sie streckt mir ihre Hand entgegen, „Ich heiße Doro." „Freut mich, ich bin Simone, das ist Chris." Er stellt sich als Joachim vor. „Du hast den silbergrauen 966er, oder?" „Ja genau. Und ihr?" „Wir haben den roten 911er, Baujahr 71. Aber schnurrt wie eine Nähmaschine." „Wart ihr schon bei vielen Treffen?", frage ich Doro. Sie ist wirklich sehr hübsch. Fast ein bisschen einschüchternd, mit diesen langen schwarzen Haaren und den stahlblauen Augen. „Ich bin das dritte Mal dabei. Aber ich glaube bei ihm sind es inzwischen fünfzehn oder sechzehn. Magst du ein paar Schritte gehen? Dann lassen wir die Männer in Ruhe fachsimpeln." Ich sehe Chris an. „Kann ich sie bei dir lassen?" „Ja klar", er nimmt sie auf den Schoß, „Geht ruhig. Bis gleich!" Wir gehen ein paar Schritte bis zum Zaun, der das Gasthaus von der Weide trennt. „Bist du hier aus der Gegend?" „Ich bin hier in der Nähe aufgewachsen. Meine Eltern sind dort, aber wir wohnen in Südtirol. Dort haben wir uns auch kennengelernt. Und ihr? Ich hab gestern nur mitbekommen, dass ihr vom Bodensee kommt." „Ja, wir sind aus Konstanz. Mann ist das schön hier, und diese Aussicht..." Dabei sieht sie mir direkt ins

Gesicht. Irgendwie wird das langsam ein wenig unheimlich. Ich will schon den Rückweg antreten, da streicht sie mir mit der Hand über den Rücken. Ich sehe sie fragend an. „Joachim ist nicht mein Mann, er ist mein Bruder." „Ach Gott, jetzt hab ich's gecheckt... entschuldige... du bist echt hübsch und nett, aber ich bin mit Chris zusammen..." Sie lacht, ihr Lachen ist ansteckend. Die ganze Situation ist so peinlich, doch wir schütten uns aus vor Lachen. „Hattest du mal was mit einer Frau?", fragt sie direkt heraus. „Ja... ist aber sehr lange her." „Und? Hat's dir gefallen?" „Ja... eigentlich schon... das Komische war vor allem, als ich am nächsten Tag immer an eine Mädchen denken musste... nicht an einen Kerl. Das hat mich echt durcheinander-gebracht." Wir stehen nebeneinander an das Gitter gelehnt. Ich schließe einen Moment lang die Augen und atme die frische Bergluft ein. Ich bin verwirrt. Ich sollte das Weite suchen. Mich nicht darauf einlassen. Doch sie hat die Ausstrahlung einer Hollywoodschauspielerin, ist nahezu unwiderstehlich. Geklärt haben wir es sowieso schon. Sie weiß, dass ich nicht „ihre Freundin" werden kann. Wäre es ein Fehler? Wäre es verzeihbar? Wie würde er reagieren? Ich spüre ihre Nähe, sie rührt sich nicht. Sie überlässt mir die Entscheidung. Der Moment wird jäh unterbrochen, als ich von hinten seine Stimme höre. „Kommt ihr? Wir wollen weiter!" Ein letzter Blick in ihre Augen, sie zwinkert mir zu, als wollte sie mir sagen, dass es nicht hier enden würde. Wir steigen in die Autos und weiter geht's zur Schweizer Grenze.

Nora ist in ihrer Schale eingeschlafen. Ich sitze ausnahmsweise mal vorne, nicht neben ihr. Gedankenverloren spiele ich an dem Ring herum und starre Löcher in die Luft. „Maus, alles ok?", fragt er mich und zieht die Sonnenbrille herunter, so dass ich ihm direkt in die Augen schaue. „Mmh? Ja, wieso?" „Du bist so still... seit dem du mit dem anderen Mädel unterwegs warst bist du komisch..." Ich will ihn nicht anlügen. Doch wie soll ich ihm von den Avancen einer Frau erzählen? Ich zupfe an meinem T-Shirt herum, wie immer, wenn ich nervös werde. Er nimmt meine Hand. „Wieso bist du so aufgeregt?" Herrjeh, mein Freund ist schlimmer als ein Lügendetektor. Verräterische feuchte Handflächen. „Sie ist nicht mit dem Typen zusammen. Er ist ihr Bruder. Und ich glaube, sie sucht eine Freundin." Er lacht. „Welche Art von Freundin? Eine zum Shoppen gehen oder für andere Sachen?" Er lacht schallend. Scheint ja ein sehr amüsantes Thema zu sein. „Sie ist stocklesbisch und hat versucht bei mir zu landen. So jetzt weißt du's." „Hahaahaa... und? Wie steht's mit dir? Gefällt sie dir?" „Geht's noch?? Ich steh doch nicht auf Frauen! Das würde dir so passen! Und am Ende noch mitmachen wollen, eh?" Er streichelt mir über die Wange. „Nee, ich hätte da nichts zu suchen. Wenn sie nur auf Frauen steht..." „Und wenn wir dich darum bitten?" „Habt ihr etwa schon ein Date? Hahaha, das wird ja immer besser. Meine Freundin und Mutter meiner Tochter will mir mit einer Frau fremdgehen... das sollten wir publik machen! Hihi, was für ein Skandal!!" Ich will beleidigt sein, doch ich kann nur lachen. Naja, mal sehen, was an diesem ersten Maiwochenende noch so alles passiert.

*

Wir passieren die Schweizer Grenze. Die Zollbeamten freuen sich über die Abwechslung und winken einen Porsche nach dem anderen freundlich durch. Die Fahrt führt uns vorbei am Züricher See, nach Zug und Luzern, bis wir endlich die Abzweigung Richtung Glaubenbergpass finden. Über den Bergen sieht es schwarz aus und tatsächlich machen die Cabrioletfahrer ihre Dächer zu. Kaum auf dem Pass angekommen, gewittert es und schüttet aus Kübeln. Es ist bereits spät am Nachmittag, und uns steht noch die ganze Fahrt bis zum Hotel am Grimselpass bevor. Erst dort werden wir übernachten. Der Wagen von Doro und ihrem Bruder ist vor uns. Irgendwann wird der Regen so stark und die Straße so schlammig, dass alle rechts ran fahren. „Mann, können die denn wegen dem bisschen Regen nicht fahren?" Ich bin genervt. „Komm, reg dich nicht auf, es geht sicher bald weiter... ist halt scheiße zu fahren... die haben keine Landrover, weißt du?" „Ja schon klar. Ich meine ja nur... es ist fast sechs und wir haben noch eine gute Strecke vor uns. Wir sollten irgendwo halten. Ich muss Nora was zu essen geben und ich glaube, sie hat die Hosen voll." „Ok hör mal, ich frag ob wir morgen früh nachkommen können. Wir schlafen hier, ok? Ein Hotel wird es schon geben in der Nähe." In diesem Moment klopft es an die Scheibe, ich lasse sie herunter, Joachim streckt seinen nassen Kopf herein. „Wir bleiben hier, die anderen wollen weiterfahren. Was macht ihr?" „Wir überlegen gerade... mit der Kleinen ist es echt schwierig. Gibt's hier ein Hotel?" „Ja, ein paar Kilometer weiter ist eins. Kommt uns hinterher, ok?" „Danke. Bis gleich!"

Scheiß Bergwetter. Unvorhersehbar. Nach hundert Metern vom Parkplatz bis zur Hotelrezeption sind wir patschnass. Ich bin froh, dass wir eine Pause machen. Und ich freue mich fast ein bisschen, dass Doro und ihr Bruder auch hiergeblieben sind. Nicht, dass ich auf sie scharf wäre, aber ein bisschen weibliche Gesellschaft würde mir tatsächlich guttun. Andererseits verunsichert mich ihre Nähe, die Blicke aus diesen blauen Augen sind verdammt einladend, zudem hat sie ein hübsches Gesicht, volle Lippen und ist insgesamt gut proportioniert. Nicht zu dick, nicht zu schlank. Ich erwische mich bei dem Gedanken, sie zu küssen. Ich ergreife die Flucht und gehe Nora im Hotelzimmer baden und wickeln. Sie hat einen Riesenkohldampf, ich bestelle ihr einen Gemüsebrei, sie isst ihn ohne Geschrei. Die Schweizer Karotten scheinen ihr zuzusagen. Als sie eingeschlafen ist, trage ich sie in ihr Bettchen, stelle das Babyfon an und geselle mich zu unserer geschrumpften Porsche-Gruppe. Wir bestellen zu essen und ratschen entspannt, während draußen das Wetter tobt. Im Fernsehen wird ein Fußballspiel übertragen, Doro langweilt sich offensichtlich zu Tode, sucht immer wieder das Gespräch mit mir und fragt mich tatsächlich irgendwann, ob ich nicht mit auf ihr Zimmer kommen möchte. Du meine Güte, sie scheint es echt bitter nötig zu haben. Ich bin nicht bereit für so etwas. Ich sage ihr, dass ich hier bleiben möchte. Doch gegen halb zehn gluckst es plötzlich im Babyfon, und mein Mutterinstikt lässt mich aufspringen und aufs Zimmer gehen. Als ich in ihr Bettchen schaue, schläft sie ruhig und zufrieden. Ich streichle ihr über das Köpfchen, flüstere ihr leise zu, dass ich bei ihr bin. In diesem Moment klopft es. „Schatz komm rein, es ist offen... Entschuldige wenn ich abgehauen bin, ich dachte sie weint. Ich glaube sie braucht echt mehr

Ruhe." Ich drehe mich rum, doch vor mir steht kein Chris, sondern Doro. „Hey… sorry, ich dachte du bist…" „Entschuldige… ich wollte dich nicht erschrecken. Ist alles ok mit ihr?" „Jaja, sie kriegt Zähne. Und ist ein bisschen übermüdet. Aber sonst ist alles ok. Ich…" Weiter komme ich nicht. Sie nimmt meine Hand und drückt sie sanft. Dann streicht sie mir die Haare aus der Stirn. Ich bin erschüttert. Will mich losreißen, doch da küsst sie mich schon. Ich bin versteinert. Was passiert hier?! Ich will mich wehren, doch sie schmeckt einfach zu gut, es ist so ganz anders, als einen Mann zu küssen. Ihre Lippen sind voll und weich, ihr Mund ist nur leicht geöffnet, sie saugt an meiner Oberlippe und kitzelt mich nur mit ihrer Zungenspitze. Mit den Fingern streicht sie mir immer wieder mit einer Zärtlichkeit durch die Haare, die mich schaudern lässt. Ich rieche sie, sie riecht süß, es hat so gar nichts von dem herben Männergeruch. Einen Moment lang lasse ich mich gehen, irgendwie landen wir auf dem Bett, sitzen da und knutschen wie zwei Teenager. „Sag mir, wenn ich gehen soll.", flüstert sie. „Ich will dich nicht zu etwas drängen, was du später bereust." „Nein, bleib noch einen Moment… küss mich nochmal bitte…" „Du bist so süß, weißt du das eigentlich?" Ich muss leise lachen. „Das hat mir noch keine Frau gesagt." „Nicht mal die von damals?", fragt sie leise und legt mir eine Strähne hinters Ohr.

110

„Das war nur zum Ausprobieren..." Sie küsst mich noch einmal. Dieses Mal mit mehr Zunge und ein wenig intensiver, wobei sie jedoch immer unwahrscheinlich zärtlich bleibt. Sie streichelt mir immer wieder über den Rücken, spielt mit meinen Fingern, mir wird heiß, dieses Verlangen ist so seltsam, dass ich es nicht in Worte fassen kann. Ich traue mich langsam, sie ein wenig anzufassen, berühre ihre schwarzen, langen, glatten Haare. Sie sind so weich. In diesem Moment klopft es, die Tür geht auf, sie lässt von mir ab. Schon steht Chris da, ein wenig erschrocken, ein wenig belustigt fragt er nur: „Hoppla... störe ich etwa?!"

XIV

„Scheiße..." murmele ich nur. „Dann sollte ich wohl besser gehen... entschuldigt bitte..." Sie steht auf. „Nein, nein, bleib ruhig." Sanft hält er sie auf. Ich vergrabe mein Gesicht in meinen Händen. Scheiße, wie konnte mir das nur passieren. Ich gerate in Panik. „Hallo? Schatz? Alles ok? Steh auf! Los komm!" Ich sehe auf. Ich will in irgendeinem Loch verschwinden. Er steht da, grinst mich an. Sie wirft mir einen ratlosen Blick zu. Langsam stehe ich auf. Er nimmt meine Hand und nickt ihr aufmunternd zu. „Los, macht weiter!" Wie jetzt, wer soll was weitermachen? Ich öffne den Mund, versuche etwas zu sagen, doch meine Stimme versagt. „Psst, brauchst nichts zu sagen... ich will nur dass ihr weitermacht. Aber ich will keinen Mucks hören, Nora muss das Spektakel ja nicht mitbekommen. Ich werde euch nur beobachten. Wenn du mir schon fremdgehst Schatz, dann will ich doch zumindest auch ein bisschen Spaß dabei haben." „Aber... ich..." „Mm-mm, keine Widerrede. Los, macht's euch bequem!" So gebieterisch kenne ich ihn ja gar nicht. Ich bin versteinert. Doro sagt nichts, kommt nur lächelnd auf mich zu und streicht mir wieder die Haare aus dem Gesicht. Mein Herz schlägt mir bis zum Hals, ich würde jetzt verdammt gerne aus dem Zimmer rennen. Sie beugt sich zu mir herunter und flüstert mir ins Ohr. „Komm schon, er ist nicht sauer. Tu ihm den Gefallen. Und so ganz abgeneigt warst du doch auch nicht, oder?" Ich blicke zu ihm, er nickt nur, immer noch dasselbe Grinsen im Gesicht. „Ich will, dass er mitmacht.", antworte ich heiser. Er kommt auf mich zu, küsst mich auf den Mund, seine Lippen öffnen meine, seine Zunge stattet meiner einen Besuch ab, mit einem Ruck öffnet er den Reißverschluss meines Sweatshirts, zieht es mir aus. „Vielleicht. Mal sehen. Kommt drauf an, wie ihr euch jetzt anstellt." Ich bin solche harten Worte aus seinem Mund nicht gewohnt. Er ist verletzt. Aber irgendwie amüsiert es ihn. Er zieht mir das T-Shirt über den Kopf und öffnet meine Jeans. Kurz darauf stehe ich in Unterwäsche zwischen ihm und Doro. „Zieh sie aus." Er setzt sich auf das kleine Sofa, scheint total relaxed. Mit zitternden Händen öffne ich ihre Bluse, streife sie herunter. „Auch den BH. Und dann küsse ihre Brüste." Ich glaube ich höre nicht richtig. Er will den Regisseur von einem völlig falschen Film spielen. Doch ich gehorche. Ich nehme ihr den BH ab, die schwarze Spitze fällt zu Boden. Ihre Brüste sind kleiner als ich dachte. Ich küsse sie vorsichtig, mit der Zunge umfahre ich eine Brustwarze, sie wird sofort steif, ihre Hände sind in meinem Nacken und drücken mich sanft an sie. Ich sauge an ihr, höre ihren schweren Atem. Ich umfasse sie, streiche ihr über den flachen

Bauch und nestle an ihrer Hose herum. „Zieh sie ganz aus und legt euch aufs Bett.", dirigiert er. Ich gehe rückwärts und setze mich auf die Kante. „Doro, zieh ihr den Slip und den BH aus. Berühr sie." Ich lege mich aufs Bett. Sie ist über mir, ihre schwarzen Haare fallen auf meinen Oberkörper, als sie langsam meine Brüste mit ihrem Mund liebkost. Ich werde augenblicklich feucht. Sanft beißt sie mir in den Bauch, ich zucke zusammen. Ihre warmen, weichen Lippen suchen meinen Körper ab, machen aber unter dem Nabel immer wieder halt. „Besorg es ihr mit den Fingern." Ich spüre ihre langen Finger, sie streichen über meinen Unterleib und beginnen mich vorsichtig zwischen den Schenkeln zu berühren. Ich verkrampfe mich einen Moment lang, doch instinktiv öffne ich sie. Sie ist vorsichtig. Und doch nicht schüchtern. Und ich bin klatschnass, es ist fast schon peinlich. Sie belässt es nicht bei den Fingern. Langsam rutscht sie vom Bett herunter, bis sie schließlich vor mir kniet. Sie spielt an mir herum, während ich mich leise quäle und versuche, nicht zu stöhnen, spüre ich plötzlich ihre Zunge an mir. Sie leckt mich sanft aber so eindringlich, dass ich kurz vor dem Orgasmus bin. Aus der Ecke mit dem Sofa höre ich ein leises Geräusch. Er ist aufgestanden. „Lass sie jetzt. Leg dich hin." Sie legt sich neben mich. Ich rieche ihr süßes Parfüm, gemischt mit dem Geruch nach Sex. Und ich sehe seine

Augen. Ich beobachte ihn eine Sekunde lang, seine Hose steht kurz davor, zu zerbersten. Ich ahne was jetzt kommt. „Dreh dich um.", befiehlt er mir. Ich gehe auf alle Viere, beginne, Doro zu küssen und nehme ihre Brüste immer wieder in den Mund, spiele mit der Zunge daran. Nach ein paar Sekunden höre ich, wie er sich auszieht. Er packt mich an den Hüften, zieht mich von ihr weg, zwingt meinen Hintern in Position und dringt ein wenig unsanft in mich ein. Ich will aufschreien, kann es gerade noch verhindern. Doro liegt unter mir und während er mich von hinten ziemlich hart nimmt, küsst sie mich sanft und streichelt mir den Rücken. Ich stehe völlig neben mir, bin nicht mehr ich selbst, bekomme alles mit, jede seiner und ihrer Berührungen und verstehe nichts mehr. Ich konzentriere mich nur darauf, nicht zu schreien, einen Moment lang bin ich von mir selbst angewidert, dann wiederum sind die Empfindungen so intensiv, dass ich nur noch kommen will. Ich keuche, er stößt weiter und macht nur „Sssscht! Sei leise!" Sie küsst mich wieder, berührt mich, zieht mich hoch, so dass ich vor ihm sitze, sie nimmt meine Brüste in den Mund, berührt mich von vorne mit feuchten Fingern, und reibt so stark an mir, dass ich fast unter Schmerzen komme. Ich stöhne in ihren Mund, sie hält mich fest, während der Höhepunkt langsam verebbt, dann lasse ich mich aufs Bett fallen.

Ich kann nicht mehr. „... Ich bin noch nicht fertig. Komm her." Er steckt ihn mir in den Mund. Er war schon immer groß, aber dieses Mal erscheint er mir riesig. Ich schließe die Augen und sauge fest. Ich lecke ihn und er schiebt ihn vor und zurück. Ich lasse meine Zunge um die Spitze kreisen, er stöhnt leise. Langsam nimmt er ihn heraus und beginnt ihn zu massieren. Wie eine Katze lecke ich ihn mit der Zungenspitze, es dauert nur ein paar Minuten und er kommt mir in den Mund. In diesem Moment schließt jemand die Tür von außen. Ich öffne die Augen. Doro ist weg. Ich kann mich nicht mehr beherrschen. Ich lege mich auf das Bett, nackt wie ich bin, und weine in die Kissen. Er legt sich zu mir, streichelt mir über den Rücken. „Beruhig dich... es ist alles ok." Ich schluchze unverständliche Worte. „Hey... ist ja gut." „Wenn du Schluss machen willst, sag es gleich!!" „Wieso soll ich denn Schluss machen!?" „Ich bin fremdgegangen..." „Das stimmt allerdings... meine verdorbene, schmutzige Freundin..." „Und jetzt?" „Ich weiß nicht... wie wär's mit Schlafen?" „Ich will nach Hause..." „Und ich will die Fahrt zu Ende bringen. Wir haben noch zwei Tage vor uns, vergiss das nicht..." Ich schniefe, drehe mich zu ihm um. „Verzeihst du mir?" Sein Lächeln ist unwiderstehlich. „Ich baue immer wieder Scheiße, tut mir so leid..." „Naja, ein bisschen seltsam ist das schon, die eigene Freundin mit einer anderen zu erwischen… aber am Ende hatten wir doch alle unseren Spaß. Schlaf jetzt, du siehst total fertig aus. „Bist du nicht sauer?", flüstere ich und streichle ihn. „Nee… nur ein wenig überrascht. Ich hab nur ein Problem damit, dass Nora das so live miterleben musste." „Sie ist nicht mal aufgewacht…" „Ja Gott sei Dank hat sie einen tiefen Schlaf. Stell dir vor, du lässt dich gerade von deiner Freundin befriedigen und im Hintergrund schreit ein Baby…" „Sie ist nicht meine Freundin." „Als was würdest du sie denn bezeichnen?" „Als Versuchskarnickel!", antworte ich kichernd. Er streichelt mich, drückt mir sanfte Küsse auf die Stirn. „Hab ich dir vorhin wehgetan?" „Wann?" „Ich war ziemlich hart…" „Kann man wohl sagen… du hast dich fast selbst an Größe übertroffen…" „Ach schon? Naja, euch zu beobachten hat nicht nur mir Spaß gemacht, er hier fand's auch heiß." „Rrrrrrr… Jaja, man hat nicht alle Tage einen Ständer von zwanzig Zentimetern… Hihihi." „Wo schlafen wir morgen?" „Hotel Löwen in Schruns… ich habs mir im Internet angeschaut, muss irre nobel sein… Wir müssen über ein paar Pässe und fahren dann über die Hochalpenstraße ins Montafon nach Österreich. Joachim hat gesagt, dass die anderen auf uns warten und gegen elf Uhr vom Grimselpass aus weiterfahren wollen. Das heißt wir sollten so um neun Uhr spätestens starten…"

XV

Mitten in der Nacht wache ich auf, mein Herz pocht wie wild. Ich muss schlecht geträumt haben. Ich bin verschwitzt. Er schläft und schnarcht kaum hörbar. So leise wie möglich stehe ich auf, werfe einen Blick auf das Handy, es ist drei Uhr nachts. Nora bewegt ihre Fingerchen im Schlaf. Wie groß sie geworden ist. Noch ein paar Tage, dann ist sie ein Jahr alt. So leise ich kann, ziehe ich mein Sweatshirt über und gehe auf den Balkon. Das Unwetter ist vorbei, der Himmel ist voller Sterne, es ist so dunkel, dass man fast die Milchstraße erkennen kann. Ich atme die frische Luft ein. Sie kitzelt in meinen Lungen. Ich lehne mich bäuchlings an die Balkonbrüstung und schließe einen Moment die Augen. Meine Gedanken fliegen durch die letzten Jahre, zurück in die Zeit als wir uns heimlich trafen, zurück zu meinen Ängsten und meiner Traurigkeit. Hätte ich damals schon gewusst, wie gut es mir eines Tages gehen würde, hätte ich mich nicht selbst so fertig gemacht und vieles leichter genommen. Ich hätte mir gesagt: Warte es einfach ab. Nicht mehr lange, und du wirst alles haben, was du willst. Sei nicht so verzweifelt, nicht so depressiv, hab nur ein bisschen Geduld. Tatsächlich war es die Geduld, die mir damals fehlte. Was habe ich ihn damals gestresst, die eigene Frau zu verlassen, ihn immer wieder mit der Frage „Wann?" genervt und immer mehr verlangt. Den eigenen Mann immer mehr gehasst, auch wenn er es im Nachhinein vielleicht nicht verdient hat. Wir haben einfach nicht zusammengepasst. Wer weiß, welche Hölle er damals durchgemacht hat. Aber wusste er von meiner Hölle? Von den vielen Malen, als ich die wütenden Tränen vor ihm versteckt habe, als ich nicht mehr weiterwusste und mir nur noch gewünscht habe, er möge mich von sich aus zum Teufel schicken, er möge gehen und mich endlich in Frieden mein neues Leben leben lassen? Irgendwann war er zu meinem Bruder geworden und die Liebe war im Arsch. Ich liebte einen anderen. Für ihn war nichts mehr übrig außer Bitterkeit. Und jede Gelegenheit war gut, um ihn mehr zu verachten. Und meine Kolleginnen, meine Freundinnen, die zwischen Mitgefühl und Neugierde mich Mal um Mal ausquetschten. Die ewige Frage, wie geht es dir? Was hast du jetzt vor? Wie soll es weitergehen? Ich warne dich, geh nicht mit dem anderen, sei nicht dumm! Wenn sie nur wüssten, wie gut mir „der Andere" damals tat! Wie sehr er mir geholfen hat, wie viel Liebe er mir geschenkt hat, wie viele schöne Momente ich mit ihm erleben durfte, oft nur Minuten lang, aber ewigwährend. Ich war mir so sicher, dass er der Richtige war, und ich habe Recht behalten. Wenigstens dieses eine Mal.

Ich bin so sehr in meinen Gedanken verloren, dass ich nicht mitbekomme, dass er hinter mir auf dem Balkonstuhl sitzt. „Hey…", flüstert er. Ich wirble erschrocken herum. „Musst du mich so erschrecken?!" „Erschrocken bin ich auch als ich plötzlich alleine im Bett lag, ich dachte schon du bist mit Doro durchgebrannt! Was machst du hier?" „Ich habe frische Luft gebraucht… komm, gehen wir ins Bett…" Er steht auf, umarmt mich. „Geht's dir nicht gut?" „Doch… ich hab nur schlecht geträumt. Und brauchte einen Moment alleine um mir über ein paar Sachen klar zu werden." „Worüber? Wenn ich fragen darf…" „Über uns. Wie sehr ich dich liebe. Wie gut es mir mit dir geht. Was schenken wir denn unserer Kleinen zum ersten Geburtstag?" „Nicht das hundertste Kuscheltier, sie hat schon zu viele… wir finden schon eine Kleinigkeit… so komm jetzt schlafen. Und wenn du wieder träumst weck mich, dann treib ich dir die Albträume schon aus!" „So, wie denn?" Er zwinkert. „Mach dir keine Sorgen, ich habe da eine Supermethode!"

Das Gefühl, Doro und ihrem Bruder beim Frühstück gegenüber treten zu müssen, ist beklemmend. Mit Nora auf dem Arm gehe ich am nächsten Morgen die Treppe herunter, da kommt sie mir schon entgegen. „Guten Morgen, gut geschlafen?"

„Morgen... ja, danke... du auch?" Sie lächelt. Kein Schimmer von Scham, sie ist fröhlich und gut gelaunt wie am Vortag. „Hey", sagt sie und streichelt Nora übers Köpfchen. „Mach dir wegen gestern Abend keinen Kopf. Kommt nicht wieder vor. Wenn du willst, halte ich mich fern von euch." „Nein, bitte nicht... machen wir uns deshalb keinen Stress... ich geh dann mal frühstücken. Hier hat jemand Kohldampf." „Ok, wir sehen uns zur Abfahrt. Bis gleich!" Noch ein Strahlelächeln, dann verschwindet sie in ihrem Zimmer. Ich habe Herzklopfen und weiche Knie. Was zum Teufel ist mit mir los?!

Gegen elf Uhr stoßen wir unter großem Hallo auf unsere Porschegruppe am Grimselpass. Wie nett, dass sie auf uns gewartet haben. Das Wetter ist der Hammer, es ist noch kühl, doch die klare, frisch gewaschene Luft sorgt für extremen Weitblick und Postkartenpanorama. Ich kann mich kaum sattsehen, in meinen Fingern kribbelt es, am liebsten würde ich wie in alten Zeiten die Wände hochklettern. Sehnsüchtig sehe ich mich um während wir Eiger, Mönch und Jungfrau hinter uns lassen. Ich lehne mich zurück, mache das Fenster auf und genieße den Fahrtwind. Kein Wort mehr wegen gestern Abend, alles scheint vergeben und vergessen. Dennoch verfolgen mich die Eindrücke. Ich sollte wirklich auf Abstand gehen, sonst krieg ich noch eine Krise.

„Und, kommst du morgen mit auf den Silvretta oder willst du lieber im Hotel faulenzen?" „Mmh ich weiß nicht... ich glaube eine Pause täte mir gut. Und Nora auch. Ich glaube ich gehe mit ihr spazieren und ins Schwimmbad, wenn's dir nichts ausmacht." „Mach du nur, aber brav sein, ich will keine Klagen von anderen Frauen hören!" Ich kneife ihm ins Knie. „Hörst du jetzt auf? Ich wurde verführt... ich bin hier das Opfer! Und zudem wurde ich von hinten wie ein... naja..." „Ahahaha, jaja, so arm, so klein, so verdorben... Und dir hat's so gar nicht gefallen!" „Nein, es war furchtbar!", lache ich. „Man hat's gesehen, als du gekommen bist... mein Gott, von hinten, von vorne... du kannst dich echt nicht beklagen!" „Willst du nochmal?", fordere ich ihn heraus, „Vielleicht gleich heute Abend im Whirlpool?" Die Antwort bleibt er mir schuldig, ich muss mich mit einem Grinsen hinter der Sonnenbrille zufriedengeben. Ein Königreich für seine Gedanken. Ich stelle die Musik ein wenig lauter, entspanne mich, denke an die vorige Nacht zurück, genieße fast ein wenig die Erinnerung an ihre zarten Berührungen und seine rüde Art. Ein wohliger Schauer lässt mich kurz zittern, ich habe ein wenig Gänsehaut. Warum sollte ich mich deshalb schämen?

122

Es war ein kurzer Ausrutscher, oder nennen wir es einen Ausflug ins Unbekannte. Einmal und nie wieder, kein Grund sich zu schämen.

Mittagspause in Carrera. Wie sollte es anders sein, wir essen Käsefondue in einem superrustikalen Restaurant in dem vielleicht Dorf, das vielleicht gerade mal fünftausend Seelen zählt. Anschließend vertreten wir uns ein wenig die Beine, bevor es weiter Richtung Montafon geht. Auch beim Grenzübergang von der Schweiz nach Österreich freuen sich die Zöllner über die bunte Vielfalt und die vielen PS und winken uns durch. Gute eineinhalb Stunden später, es ist bereits später Nachmittag, sind wir endlich in Schruns und parken vor dem Löwen-Hotel. Das Internet hat ausnahmsweise mal nicht gelogen: das Hotel ist riesig. Allein der Eingangsbereich ist spektakulär. Noch bevor wir richtig einchecken können, kommen schon zwei Kellner auf die Gruppe zu und verteilen Prosecco und Fruchtsaft. Wir stoßen an, ich sehe mich um, wir sind nur mehr zweiundzwanzig. Zwei Leute fehlen. „Irgendjemanden haben wir wohl abgehängt...", raune ich ihm zu, „Wieso, wer fehlt denn?", fragt er. „Mmh... Dreimal darfst du raten..." „Doro?" „Jepp... ich habe es nicht mitgekriegt, dass sie nicht mehr bei der Gruppe waren..." „Naja, vielleicht tauchen sie ja später noch auf." Mit Kind und Koffern gehen wir aufs Zimmer. Ich lasse mich mit Nora aufs Bett fallen, albere mit ihr herum und ehe ich mich versehe, sind wir beide eingeschlafen.

*

Ich wache auf und checke erst mal gar nichts. Ich bin verplant, als ob ich K/O-Tropfen genommen hätte. Es ist bereits dunkel, wie lange habe ich denn geschlafen? Ich reibe meine Augen und finde einen Zettel neben mir liegen. „Wir sind im Restaurant. Komm nach!" Gott oh Gott, es ist ja schon kurz vor neun... Die sind bestimmt schon längst mit dem Essen fertig. Ich wasche mir das Gesicht, um einigermaßen aufzuwachen, nehme meine Tasche und suche den Speisesaal. Hier sind nur andere Gäste, meine Gruppe ist nicht hier. Ich frage an der Rezeption nach, der junge Mann lächelt. „Ich soll Ihnen den hier geben." Was soll das denn? So langsam werde ich sauer. „Wir sind in der Bar Bergkristall gegenüber!" Was wird das, eine Schnitzeljagd? Na die können was erleben. Ich nehme mein Handy und wähle Chris Nummer - Mailbox. Also gehe ich in die Bar auf der anderen Straßenseite. Drinnen treffe ich nur auf ein paar ältere Herren am Stammtisch und eine Frau, die hinter dem Tresen Bier zapft. „Entschuldigung, haben Sie zufällig einen langhaarigen Typen mit einem kleinen Kind gesehen?" „Ja, vorhin war jemand hier… Ich soll ihnen den hier geben." Sie streckt mir einen gefalteten Zettel entgegen. Ich schaue sie sauer an, dabei kann sie gar nichts dafür. Was soll das? Soll ich jetzt die halbe Nacht die Stadt nach meiner Familie absuchen? Ich habe Angst. Ich bin verunsichert. „Komm zum Kino. Beeil dich. Um halb zehn fängt der Film an!" Welcher Film?! „Entschuldigung, ich soll zum Kino gehen. Wo ist das bitte?" „Das Kino… Ach Gott… Also die nächste Straße links, dann zweimal rechts. Es ist klein, aber sie finden es sicher gleich. Aber heute Abend sind doch gar keine Vorstellungen…" „Ok danke. Wiederschaun." Ich gehe, nein ich renne die Straßen entlang, links, dann rechts und wieder rechts. Gefunden. Es ist alles dunkel, doch die Tür ist offen. Langsam mache ich sie auf. Kein Mensch an der Kasse, die Frau hatte recht, heute Abend werden keine Filme gezeigt. Ich suche alles ab, rechne schon damit, einen vierten Zettel zu finden. In diesem Moment geht die Tür zu einem Saal auf, ich erschrecke. „Psst!" Es ist Chris. „Was machst du denn hier?! Und wo ist Nora?" „Komm rein!" „Wo rein?" Er kommt auf mich zu, nimmt meine Hand und zieht mich in den Saal. Er ist leer, nur eine Person sitzt in der dritten Reihe. Ich kann sie nicht erkennen, es ist zu finster. Der Saal ist winzig. Vielleicht fünfzehn Sitze, im Dunkeln erkenne ich einen Kinderwagen. „Keine Angst, sie schläft. Komm her!" „Was wird das?

Was machst du hier?" „Wir haben unser erstes offizielles Date im Kino. Kannst du dich an das Finstere Tal vor zwei Jahren erinnern? Als du mit deiner Freundin im Kino warst und wir nebeneinander saßen und heimlich die ganze Zeit Händchen gehalten und uns gestreichelt haben? Ich hab diesen Abend nie vergessen. Ich wollte ihn noch mal erleben. Deshalb habe ich jemanden eingeladen. Und den Film besorgt. Und jetzt dürfen wir ganz offiziell in diesem Kino sein und den Film genießen, ohne Angst zu haben, erwischt zu werden." In diesem Moment steht die Person in der dritten Reihe auf und kommt auf mich zu. „Tja, und ich bin die Überraschung." Ich glaube es nicht. Es ist Veronika. Ich bin den Tränen nahe. Ich umarme sie stumm. Wie lange habe ich sie nicht mehr gesehen, nach so langer Funkstille ist sie von Südtirol hierhergekommen, um mich zu überraschen. Ich drücke sie an mich, ich kann sie nicht mehr loslassen. Sie lacht. „Leider gibt's kein Popcorn, aber ich denke das ist nicht so schlimm, oder?" Ich schniefe verlegen. „Die gab's damals auch nicht..." Ich sitze wie damals auf Sitz Nummer sieben, Veronika zu meiner Linken, Chris zu meiner Rechten. Ich bin so gerührt. Ich küsse ihn. Ich schließe die Augen, nehme auch Veronikas Hand und drücke sie fest. Sie ist da. Mir war nicht bewusst, wie sehr sie mir in all dieser Zeit gefehlt hat. Der Film beginnt, und wie an jenem 18. Februar drückt er meine Hand etwas fester, als sich das junge Pärchen lieben will und der Filmheld stirbt. Mein Herz schlägt im Rhythmus der Filmmusik, vielleicht sogar noch ein bisschen stärker als an jenem Abend vor zwei Jahren, auch wenn mir das bisher unmöglich erschien.

Gegen Mitternacht verlassen wir das Kino, lachend, ausgelassen und so gar nicht müde. Ich sehe auf mein Handy, in diesem Moment erhalte ich eine Sms. ‚Hey Süße, wir sind heimgefahren. Bin krank, habe 40 Fieber. Sorry. War schön mit euch. Doro‘. „Ach Gott die Arme, dabei war sie gestern doch noch so gut drauf!" Die Ironie aus seinem Mund ist kaum zu überhören. „Wird sich wohl bei dem Gewitter verkühlt haben, was weiß ich…" „Wer ist Doro…?", fragt Veronika. „Aaach, nur unsere Superlesbe vom Porscheverein die mich ans andere Ufer holen wollte.", erkläre ich ihr mit einem Augenzwinkern. „Ach du meine Güte, und, hat sie's geschafft?" „Sie war kurz davor!", wirft Chris ein und Veronika sieht mich mit Augen wie Teetassen an. „Naja, ich hatte dir ja so einiges zugetraut Simone, aber du und eine Frau?" „Tja… Nicht nur…" „Soll heißen?" „Äääh… ach ist das jetzt so wichtig? Schau da drüben ist schon das Hotel, du bleibst doch über Nacht oder?" „Nee, nee nicht ablenken… habt ihr etwa…?" Ich grinse sie an. Sie hat keine weiteren Fragen.

Veronika bleibt bis zum nächsten Abend mit mir und Nora im Hotel während Chris mit den anderen den Silvrettapass stürmt. Wir gehen spazieren, ratschen wie die Hühner, essen in einem kleinen gemütlichen Restaurant in Schruns und vergnügen uns nachmittags im Schwimmbad. Es ist herrlich, sich mit einer guten Freundin zu entspannen und auch Nora genießt es, einmal an erster Stelle zu stehen und zwei junge Mamis um sich zu haben. Am Abend muss sie wieder abreisen, wir umarmen uns noch einmal zum Abschied und versprechen, dieses Mal in Kontakt zu bleiben. Es tut fast ein bisschen weh, als sie um die Ecke fährt. Wir stehen vor dem Hotel und sehen ihrem Auto nach. „Woher hattest du eigentlich ihre Nummer?", frage ich ihn. „Aus deinem Handy. Sorry...." „Ahso, in meinem Handy nachforschen, schämst dich nicht?" „Naa, war ja für einen guten Zweck!" Ich knuffe ihn in die Seite. „Das war ein Witz! Du darfst alles durchforschen! Ich habe keine Geheimnisse!" Ich drehe mich zu ihm um, küsse ihn auf den Mund. „Danke... Du hast mir gestern Abend ein wunderschönes Geschenk gemacht. Ich habe auch noch oft an den Abend gedacht... Mein Gott wir haben damals unser Leben riskiert... Fast zumindest..." „Ja stimmt. Wenn sie es damals bemerkt hätte... Wer weiß wie sie reagiert hätte..." „Sie hätte mich zur Rede gestellt, was denn sonst? Und dann hätte ich wahrscheinlich Schutzgeld bezahlen müssen damit sie mich nicht verpfeift." „Ist sie so fies drauf? Hoppla, schläfst du?" Tatsächlich ist Nora auf seinem Arm eingeschlafen. „Schwimmbad macht müde. Komm wir

129

bringen sie ins Bett. Bis zum Abendessen ist ja noch Zeit." Wir gehen aufs Zimmer, Nora wacht nicht einmal auf, als ihr Papi sie vorsichtig ins Kinderbettchen legt. Wir legen uns auf das Doppelbett, ich kuschle mich an seine Brust, atme tief durch, er streichelt sanft meinen Rücken und ich bekomme eine Gänsehaut. „Erzähl mir von heute.", flüstere ich. „Später...", raunt er, schiebt seine Hand unter mein Shirt und knetet vorsichtig meine linke Brust. „Mmm... die ist aber geschwollen... Du bist doch nicht etwa...?" „Nee, nur PMS..." „Achso... Willst du denn noch ein Kind? Irgendwann mal?" „Weiß nicht... Früher wollte ich gar keine Kinder, zumindest bis ich dich kennengelernt habe. Und dann ist es halt passiert. Jetzt ist es wunderschön... Sagen wir es so, wenn es noch einmal passiert freue ich mich." „Ich war nur neugierig. Wollte dich nicht stressen." Er zieht mir das T-Shirt über den Kopf und leckt sanft an meinen Brustwarzen, saugt an ihnen und spielt damit. Ich streiche über seine Haare, spiele an seinem Zopf, ich bekomme Lust. „Ich will dich...", murmele ich mit geschlossenen Augen. Seine Hände sind überall. Sie verwöhnen meinen Körper, ich strecke mich ihm entgegen, reibe mich sanft an ihm, bin immer noch so sehr in ihn verliebt, sehe in seine braunen, leuchtenden Augen, die mich auch ohne Worte verstehen. Er entledigt sich seiner Klamotten, zieht

130

mich aus, legt sich auf mich und dringt unter innigen Küssen in mich ein. Wir lieben uns langsam, vorsichtig, stumm, voller Liebe und Zuneigung. In solchen Momenten möchte ich in ihn hineinschlüpfen. Ich will, dass wir ein Körper sind, ihn in mir zu spüren reicht fast nicht. In diesen Augenblicken bin ich verletzlich, er darf jetzt nicht gehen, er muss in mir drin bleiben, wenn er sich von mir weg bewegt, sterbe ich. „Ich liebe dich so sehr...", entfährt es mir, „du bist meine große Liebe, verlass mich niemals, versprich es mir!" Mir treten die Tränen in die Augen, sie kullern, während er sich in mir bewegt. „Maus, was hast du denn? Wieso weinst du? Soll ich aufhören?" „Nein, hör nicht auf, bitte nicht..." Er bleibt in mir. Bewegt sich nicht. Kein vor und zurück, nur unsere beiden Körper, die miteinander verbunden sind. Seinen Kopf auf der einen Hand abgestützt, trocknet er mit der anderen die Tränen. Auch er hat feuchte Augen. „Hast du Angst?", fragt er mich. Ich nicke. „Wovor?" „Dich zu verlieren." „Du verlierst mich doch nicht. Ich bin doch da." „Ich weiß... aber wenn du irgendwann nicht mehr da sein solltest werde ich das nicht überleben. Ich packe es nicht ohne dich. Keinen Meter weit. Ich brauche dich zu sehr. Es geht nicht ohne dich." Noch immer hält er still und hört mir nur zu. Ich bin nicht der Mensch, der sich selbst aufgibt. Doch dieses Mal ist es anders. Diese Gefühle sind heftiger als die Liebe und sie bringen mich beinahe um den Verstand. Ich schließe die Augen, weil ich Angst habe, seinem Blick nicht standzuhalten und wieder in Tränen auszubrechen. Dann kommt die Lust zurück. Ich drehe mich auf ihn und reite ihn langsam, zärtlich, er beobachtet meinen Körper und gibt mir für einen Moment das Gefühl, einzigartig zu sein.

Es ist schon nach acht als Nora wieder aufwacht. Wir stehen auf, ziehen uns an, ich hebe sie aus ihrem Bettchen. Sie hat glasige Augen. „Schatz komm mal… irgendwas stimmt hier nicht." Er nimmt sie auf den Arm. „Komm mal her… Scheiße bist du heiß! Was ist passiert, bist du krank?" „Vielleicht wächst sie ja nur… da hat sie schon mal Fieber… das ist morgen wieder vorbei!" „Warte mal…" Er zieht ihr den Pulli hoch. Sie hat kleine rote Punkte auf dem Bauch. „Schatz, du hattest die Windpocken schon, oder?" „Ja, wieso?!" „Gut, ich auch… Ich glaube heute Abend gibt es Abendessen auf dem Zimmer. Und geh kurz runter, lass dir die Nummer von einem Arzt geben. Ich glaube, unsere Kleine hier hat die Windpocken." „Soll ich gleich das Zimmer noch verlängern? Ich meine wir haben dreihundertfünfzig km bis nach Hause, das tu ich ihr sicher nicht an." „Ja, wenigstens ein paar Tage müssen wir schon warten… Hoffen wir, dass es bald vorbei geht." Das hat noch gefehlt. Ich gehe an die Rezeption und lasse mir die Nummer vom nächsten Arzt geben. Er verspricht, in einer Viertelstunde dazusein. Ich warte auf ihn am Parkplatz vor dem Hotel, gemeinsam gehen wir auf unser Zimmer. Er untersucht sie, misst ihr Fieber, sie hat bereits über achtunddreißig. Ich habe Angst, doch er meint, wir sollen uns keine Sorgen machen. Ein paar Tage Ruhe, Wadenwickel und eine hautberuhigende Lotion werden es erträglich machen. Und wenn das Fieber allzu hoch wird, dürfen wir ihn jederzeit anrufen.

Hunger habe ich keinen mehr, ich bin zu nervös und ängstlich, doch irgendwie zwinge ich das Abendessen hinein und kann auch Nora davon überzeugen, wenigstens einen Jogurt zu essen. Sie glüht, obwohl wir alle Stunde ihre Beinchen mit Umschlägen kühlen. „Komm, leg sie ins Bett, vielleicht schläft sie ja ein bisschen." Als ich sie hinlegen will, beginnt sie zu weinen. Sie schreit nicht, es ist eher ein leidendes Wimmern. Was gäbe ich dafür, ihr das Fieber und die juckenden Pusteln abnehmen zu können! Eher würde ich mich mit vierzig Fieber ins Bett legen und drei Wochen leiden, als sie nur eine Minute so zu sehen. Ich streichle sie sanft, nehme zwei Söckchen und stülpe sie ihr über die Hände. Ich will nicht, dass sie sich aufkratzt und hässliche Narben bleiben. Ich ziehe sie vorsichtig aus und beginne, ihre Haut mit der Lotion einzucremen. „So mein Schatz, dann beißt es nicht so." Ihre Haut ist so heiß und ihre Kulleraugen sind glasig, endlich gähnt sie und schließt ein paar Minuten die Augen. „Kannst du die noch mal auswaschen?" Ich gebe Chris die kleinen Handtücher, er bringt sie mir zurück und ich wickle sie ihr um die Beinchen. Sie ist so ruhig, und genau das macht mir Angst. Wenn sie doch wenigstens schreien würde! Es ist bereits nach zehn, ich bin hundemüde, aber an Schlaf ist nicht zu denken. Ich sitze neben ihrem Bettchen und kühle ihr mit einem Waschlappen die Stirn, ich könnte heulen, doch ich bleibe stark. „Schatz leg dich ins Bett und schlaf ein bisschen, ich bleib bei ihr.", bietet er mir an, doch ich kann den Blick nicht von ihr wenden und sie nicht loslassen. Er steht auf, nimmt meine Hand, zieht mich Richtung Bett. „Lass mich… Ich bleibe hier sitzen und wenn es sein muss die ganze Nacht!", fauche ich ihn an. Doch statt sauer zu werden nimmt er mich in den Arm und drückt mich an sich. „Hey, wir machen das so, wir wechseln uns alle zwei Stunden ab, ok? Jetzt gehst du schlafen und in zwei Stunden wecke ich dich. Dann schlafe ich ein bisschen. So ist sie keine Minute allein, ok?" „Ok. Entschuldige… Ich bin so dumm…" „Du bist nicht dumm, du bist nur eine besorgte Mutter. Wirst sehen, in ein paar Tagen ist sie wieder fit. Und jetzt ab in die Heia!"

Keine Stunde nachdem ich mich schlafen gelegt habe, weckt Chris mich. „Wo hast du die Nummer vom Arzt hingelegt?" „Dort auf dem Nachttisch... was ist los??" „Sie hat noch mehr Fieber, jetzt hat sie schon über neununddreißig. Ich ruf den Arzt an." Ich mache das Licht an und schaue in ihr Bettchen. Ihr Gesicht ist knallrot, sie ist übersät von kleinen roten Punkten und windet sich im Schlaf. Ich muss sie irgendwie beruhigen. Im Bett dreht sie sich nur um die eigene Achse und erholt sich keinen Moment lang. Ich ziehe mein T-Shirt aus, nehme sie hoch und lege sie mir an die Brust. Ich stille sie schon lange nicht mehr, dafür ist sie inzwischen viel zu groß. Doch kaum spürt sie meinen Busen, tastet sie mit ihren eingewickelten Fingerchen danach und nimmt ihn in den Mund. Sie saugt nicht, doch augenblicklich wird sie ruhiger und schließt ihre Augen wieder. Ich summe leise ein Gutenachtlied, wiege sie ein wenig und versuche so ruhig wie möglich zu atmen. Eine halbe Stunde später ist der Arzt da, noch einmal Fieber messen, sie wacht dabei nicht einmal auf. Noch immer halte ich sie in meinen Armen und der Arzt lobt uns, er scherzt sogar, dass er diese Heilmethode weiterempfehlen wird. Wir sollen nichts weiter tun, als sie so zu halten und ihr alle paar Stunden versuchen, Wasser zu trinken zu geben und am nächsten Morgen wieder die Lotion auftragen. Er beruhigt uns, dass sie es in ein paar Tagen überstanden haben wird und wir getrost nach Hause fahren können.

Irgendwann muss ich mit ihr so eingeschlafen sein. Frühmorgens wache ich auf, sehe neben mich, Chris spielt leise mit ihr und sie strahlt ihn an. Gott sei Dank. „Hey... Guten Morgen...", sage ich verschlafen. „Guten Morgen mein Schatz... Schau mal, die Mami ist aufgewacht!" Ein wenig verschwitzt und noch immer mit roten Pusteln auf den Wangen dreht Nora ihr Köpfchen zu mir und gluckst. „Na du, mir so einen Schrecken einjagen! Ich glaube ich weiß, von wem du dir das eingefangen hast... Wenn Doro mir gestern Abend geschrieben hat, dass sie Fieber hatte und sie dich am Morgen zuvor gestreichelt hat... Wahrscheinlich hatte sie den Erreger irgendwo aufgeschnappt und ihn dir weitergegeben... Die blöde Kuh..." „Ich hab dich ja gewarnt, halt dich von Frauen fern..." „Oder Veronika hat ihn mitgebracht... besser ich ruf sie an, ich weiß nicht, ob ihr Sohn sie schon hatte." Doch sie kann mich beruhigen, die ganze Familie hat es schon hinter sich. Umso besser.

Am 4. Mai, dem ersten Geburtstag unserer kleinen Tochter, können wir endlich unsere Koffer
136

packen und den Heimweg zu meinen Eltern antreten. Sie erwarten uns mit einer Geburtstagstorte und bunten Luftballons im Garten. Nach unserer klitzekleinen Familienfeier stehe ich mit Nora auf und bitte Chris, mitzukommen. „Wo willst du denn hin?" „Ich will Nora zeigen, wo sie gebastelt wurde..." „Woher willst du das denn so genau wissen? Wir haben in der Zeit doch ständig miteinander geschlafen..." „Ich weiß genau, wo es passiert ist. Komm, es ist ja nicht weit."

Und so spazieren wir, Nora auf dem Arm, bis zum Gartenzaun der Freunde meiner Eltern und beobachten mit einem Lächeln, wie sie in diesem Moment das Schwimmbecken in ihrem Garten aufbauen und es mit Wasser füllen.

Epilog

Wie oft habe ich wohl in den letzten Jahren von ihm geträumt? Jede Nacht? Ich kann mich nur selten an meine Träume erinnern, manchmal bleiben mir nur Bruchstücke in Erinnerung, ein seltsamer Mix aus Realität und Fantasie, aus jedem Zusammenhang gerissen. Manche Träume machen mich fix und fertig, andere wiederum bringen erregen mich so sehr, dass ich erhitzt davon aufwache. Sicherlich hat meine blühende Fantasie mir dabei immer geholfen. Der Traum der letzten Nacht war einer derjenigen, die uns ein Leben lang in Erinnerung bleiben und uns nicht mehr loslassen. Ein Traum, an den ich zurückdenken werde, als wäre er Bestandteil dieses Lebens, kein Streich, den mir mein Gehirn des Nachts gespielt hat.

Ein Tag im Herbst. Ich sitze im Büro, neben mir meine Kollegin. Ich versuche mich zu konzentrieren, schon wieder klingelt es. Wie soll man da arbeiten?! Sie drückt auf den Türöffner, Chris, ein Arbeitskollege kommt rein. Immer gute Laune der Typ, ich freue mich, ihn zu sehen. Wir begrüßen uns, da verschwindet er auch schon wieder im unteren Stock und erledigt seinen Botengang zur Buchhaltung. Auf dem Rückweg muss er wieder bei uns vorbei, noch zwei Witze, er sagt irgendwas von wegen ob er einen Kuss bekomme, ich schicke ihm einen hinterher, als er lachend aus der Tür geht. Ich frage meine Kollegin, wie er mit Nachnamen heißt. „Ach Gott, ich weiß nicht mehr...irgendwas mit A... Amor? Ja, genau, Chris Amor.“ Ich suche ihn im Intranet und schicke ihm eine Mail. Betreff: Ich finde... Text: „...Wir sollten mal einen Kaffee trinken gehen. Das könnte witzig werden!“ Ohne lange darüber nachzudenken, schicke ich die Email ab.

Wir sitzen in einem gottverlassenen Restaurant in Bahnhofsnähe. Das Essen ist ok, weder richtig gut, noch richtig schlecht. Er sitzt mir gegenüber, es ist das dritte Mal, dass wir uns zum Essen treffen und ich merke, dass ich die meiste Zeit des Tages damit verbringe, an ihn zu denken. Soll ich es ihm sagen? Ich komme mir ziemlich dämlich vor. Wir reden. Wir sind nie still. Und wenn wir nicht reden, dann nur, weil wir uns vor Lachen biegen. Doch, jetzt, einen Moment lang sind wir ruhig. Ich sehe ihn an. Ich kann nichts dagegen tun, es rutscht mir einfach heraus. „Weißt du, ich fang an dich zu mögen... Und das macht mir Angst. Wenn wir uns verlieben, werden wir uns eines Tages sehr wehtun. Und ich will nicht, dass einer von uns beiden leidet. Mein Gott, was machen wir hier eigentlich? Was willst du überhaupt von mir?“ Seine Antwort ist kurz und eindeutig. „Einen Kuss.“ „Einen Kuss? Von mir?“ Er erhebt sich, beugt sich über den Tisch. Ich glaube es nicht, er küsst mich einfach. Seine Lippen auf meinen, jetzt öffnet er langsam und vorsichtig seinen Mund, schiebt seine Zungenspitze hinein, scheiße, ist der zärtlich. Ich bin solche schmetterlingsartigen Küsse nicht mehr gewöhnt. Herzklopfen bis zum Hals. Mein einziger Gedanke: „Was tust du hier!?". Im Radio läuft Wrecking ball. Tatsächlich ist er wie eine Abrissbirne in mein Leben eingebrochen und hat mir schlagartig klar gemacht, worin der Unterschied zwischen falscher und wahrer Liebe liegt.

Mann, ist das steil. Ich lasse mir nichts anmerken, aber ich bin echt aus der Puste. Er noch mehr. Es ist Mitte November, unter uns liegt die mittelalterliche Burg. Kein Mensch unterwegs, selbst wenn, es soll ja nur ein Spaziergang sein. Wir setzen uns auf ein Mäuerchen, er nimmt mich ein wenig umständlich in den Arm. „Ist dir warm?" Ich lehne mich an seine schmale Brust. Er ist so warm, der Wollpulli, den er trägt, kratzt mich ein wenig, doch es fühlt sich angenehm auf meinen Wangen an. „Und, was hast du jetzt vor mit mir?", frage ich ihn ein wenig forsch. „Ich weiß nicht. Ich plane nie..." „Bist du hierhergekommen um mit mir zu schlafen?" „Die Hoffnung hatte ich schon... Aber ich weiß nicht wie..." Etwas verloren sieht er sich um. Ich stehe auf. „Lass uns weitergehen. Vielleicht ist es da hinten ja gemütlicher." Wir laufen durch das Gras, entlang den Weinreben, irgendwann finden wir ein hübsches Plätzchen. Ich lege mich auf seinen Schoß, wir küssen uns, so weich, so sanft, seine Hände unter meinem schwarzen Pulli, erst scheue Berührungen, dann erlangt er seine Selbstsicherheit wieder. „Hübsche Karosserie!", kommentiert er meinen nackten Körper. Ich darf ihm ebenfalls an die Wäsche und bin doch sehr überrascht über das, was er zu bieten hat. Ich nehme ihn in den Mund, er ist so aufgeregt, dass er nicht mal einen Moment die Klappe halten kann. Als wir einen ersten Versuch starten, schaffe ich es nicht. Mir wird kalt, ich bringe gerade noch ein „Nein!" heraus. Er ist irritiert. Ich bitte ihn um Entschuldigung und ein paar Streicheleinheiten. Er erfüllt mir den Wunsch, ich beruhige mich langsam und erst, als ich bereit bin, diese Liebe zuzulassen, nimmt er mich vorsichtig von hinten. Nie zuvor in meinem Leben hat der Sex in mir eine derartige Wärme erzeugt. Wir ziehen uns wieder an, er raucht, und wir gehen in die Burg, um noch etwas zu trinken. Im Hintergrund läuft „Just somebody that I used to know". Seit ich dieses Lied zum ersten Mal gehört hatte, wusste ich, dass es eines Tages genau das Gegenteil bedeuten würde. Er war nie ‚Irgendeiner'; er war der, den ich Zeit meines Lebens gesucht hatte.

Nur noch ein paar Tage bis Weihnachten. Wir sitzen wieder oberhalb der Burg, stellen uns an wie

Kinder, als wir unsere kleinen, möglichst unauffälligen Geschenke austauschen. Seit diesem Nachmittag baumeln zwei ineinander geschlungene Herzen an meinem Armbändchen und kitzeln mich von Zeit zu Zeit.

Ich sehe uns an einem Tisch in einer Bar, wir sind angespannt, der erste gemeinsame Abend. Wir sind vor dem Rest der Welt geflüchtet. Ich höre Sätze wie „Ich habe dich ihm gestohlen." Ich zittere, als er meine Hand nimmt und ich ihm meine intimsten Gefühle gestehe. Nach dem gemeinsamen Abendessen nimmt er mich mit in den Proberaum, der zu unserem Liebesnest der kommenden Monate wird. Er ist kalt, doch wir fiebern vor Liebe. Wir lieben uns im Schummerlicht und bei Dolbysouround-Sound. Er ist es. Er ist die große Liebe.

Ich habe Angst. Ich werde ihn verlieren und es ist nur meine Schuld. Ich sehe alle zwei Minuten auf mein Handy, doch er schreibt nicht. Mein Herz tut weh. Ich kann die Tränen kaum zurückhalten. Ich wollte das nicht. Ich wollte doch nur, dass er alles von mir weiß. Jetzt denkt er, ich könnte ihn betrügen. In meiner Fantasie nehme ich den Zug und fahre zu ihm, er lässt mich hinein, wärmt mich, wir reden darüber. In Wirklichkeit telefonieren wir eine halbe Stunde, seine Worte und seine Stimme überwältigen mich. Er verlässt mich nicht. Zuviel Liebe im Spiel.

Sein Auto fährt an uns vorbei. Mein Magen zieht sich zusammen. Ich darf mir nichts anmerken lassen. Veronika läuft neben mir, wir sind auf dem Weg zum Kino. Was sie nicht weiß: Sie ist nur mein Alibi. Die eigentliche Verabredung habe ich mit ihm. Wir laufen durch die Stadt, sie bleibt vor dem Kino stehen und redet mit Bekannten, er steht bereits am Tresen und trinkt ein Bier. Ein Blick genügt, ich nehme die Treppe zur Toilette, er kommt mir hinterher, unten angekommen, küssen wir uns, umarmen uns, sind verliebt und haben Angst, erwischt zu werden. Im Kino sitze ich zwischen ihm und Veronika. Im Schutz unserer dicken Jacken lassen wir uns eineinhalb Stunden keine Sekunde los. Sie bemerkt es nicht. Wir streicheln uns, meine Finger schlafen ein, egal. Ich werde auf keine seiner Berührungen verzichten.

Sie haben uns erwischt, wie, wissen wir nicht. Ich weiß, meine Launen und meine verliebten Blicke sind verräterisch. Ich kann es nicht verneinen, als sie mich vor ihm warnen. Ich bin kurz davor, meine Kolleginnen anzuschreien: „Lasst mich in Frieden! Ich liebe ihn! Er ist mein Leben!"

Ich habe soeben mein Herz verschenkt. Ich habe seine Hand genommen, sie auf meine linke Brust gelegt und die Luft angehalten. Er hat es gespürt und feuchte Augen bekommen. „Pass gut darauf auf.", sage ich ihm,

„Und mach es nicht kaputt." Er verspricht es. Ich weiß, es ist in guten Händen.

Ein zweiter 20. Dezember. Der letzte Abend im Mai. Wir essen in einem von Gott und der Welt verlassenen Restaurant, es ist köstlich. Ich gestehe ihm, dass ich mir vorstellen könnte, mit ihm Kinder zu bekommen. Ich glaube er weiß nicht, wie bedeutsam dieser Satz ist. Noch nie habe ich ihn einem Mann gesagt. Er redet, ich höre zu. Seine Worte tun mir gut, er ist so grundehrlich und nimmt kein Blatt vor den Mund. Manchmal weiß ich nicht, was schwerer wiegt: unsere innige Freundschaft, unsere Liebe, unsere Vertrautheit, unsere gegenseitige Ehrlichkeit. Ich sehe ihn an und weiß, dass er der Richtige ist. Wieder kommt das Thema Trennung auf den Tisch. Er gesteht mir, dass seine Frau schon drauf und dran war zu gehen und es am Ende doch nicht getan hat. Die Enttäuschung steht ihm ins Gesicht geschrieben. Ich sage ihm, dass ich mir keine falschen Hoffnungen mache. Insgeheim mache ich mir Hoffnungen, doch ich glaube nicht, dass sie falsch sind. Ich bin mir sicher, dass wir eines Tages zusammen sein werden. Wir lieben uns wieder im Proberaum. Zärtlich und leidenschaftlich. Voller Liebe und Hingabe. Als er mich anschließend streichelt, fragt er mich: „Was denkst du gerade?" Ich antworte leise....

„…Ich liebe liebe liebe liebe liebe…." Ich wache auf und sehe in seine braunen Augen, sein Lächeln ist zärtlich, kleine Lachfalten umspielen seine Augenwinkel. Er beendet flüsternd meinen Satz: „….liebe liebe liebe dich… Du hast im Schlaf gesprochen." Er küsst mich. „Wovon hast du geträumt?", fragt er. „Davon, wie schön die Liebe sein kann." „Erzähl mir davon…"